小学館文庫

サムのこと　猿に会う

西　加奈子

小学館

目次

サムのこと

午後から雨になった。東海道五十三次の絵なんかに出てきそうな、斜めに降る、細い細い雨だ。

天気予報を見ていなかったから、傘を忘れた。皆に聞いても誰《だれ》も持っていなくて、さっきからスミがブツブツと文句を言っている。

「誰か天気予報くらい見れよ。」

スミはラコステの黒いポロシャツに黒のカーゴパンツ。足元はオールスター、本当は白だけどマジックで黒く塗ってるから、雨で滲《にじ》んで汚れている。

今日は通夜だ。

当たり前だけど急な話で、僕らは誰も喪服を持っていなかった。だから皆めいめいの黒い服を着ている。モモは黒いワンピース、本当は裾《すそ》に色とりどりの花が刺《し》繍《しゅう》されたレースがほどこされていたのだけど、はさみでじょきじょきと切ったらしい。切りっぱなしの糸がぶらぶらと揺れている。キムは黒いVネックシャツに黒いロングスカート、一面にスパンコールが光っていたものだ。ひとつひとつちぎったけど途中であきらめたらしく、後ろだけキラキラ。ハスはユニクロの黒いTシャツと黒い半パン、足元はあろうことかフルーツの柄が描かれたスニーカーだ。スミのように塗ることはしなかった。

「弔いの気持ちがあればええんじゃ。」

ハスは待ち合わせ場所でそう言ったきり、今まで一言も話さない。皆それぞれひどい格好だけど、僕の格好が一番笑われた。なんたって黒のレースのブラウスだ。最近ちょっと太ったから、黒いパンツもピチピチで、なのに足元はコンバース、紺色のだ。

「プリンスさんやな。」

僕のことをからかうのが好きなモモは、今朝からずっと僕のことを「プリンスさん」と呼ぶ。なんでこんなブラウスを持っているのか忘れたけど、慌てて探したらタンスの奥でくちゃくちゃになっていた。多分前の前の恋人か、その前の恋人のだろう。二の腕が少しきついけど、ハスの言うとおり、弔いの気持ちがあればいいのだ。

「他に無かったんかい。」

スミが振り返って言う。

「いや、Tシャツがあってんけど、あかんかなぁ思って。」

「黒の？」

「うん。」

「ハスも黒のＴシャツやん。お前よりハスの方が〝ふざけ感〟は少ないで。」

「そうやなぁ。」

でも、僕のＴシャツの背中には白い文字で大きく「海人《うみんちゅ》」と書いてあるのだ。去年恋人と行った沖縄でちょっと興奮して買ってしまったもので、モモが家に来たときに見つけてこう言ってから、一度も着ていない。

「だっさー。罰ゲームで買うたん？」

裏返して着れば平気かな、とも思ったけど、やっぱり、南のお気楽な思い出を背負って行くのはどうかと思ったので、やめたのだ。


死んだのはサムだ。

僕らの呼び方は皆変だけど、一応きちんと名前に由来している。スミはそのまま角《すみ》。僕らよりひとつ年上で、あとは全員同じ年。モモは桃子《ももこ》で、キムは金《キム》、ハスは蓮見《はすみ》だ。僕は「プリンスさん」ではなく有本《ありもと》でアリ。


サムの名前は伊藤剛《いとうつよし》だ。どこにも「サム」らしきものはない。でも初めて会ったときから、サムはサムだった。

「俺《おれ》サム、よろしくな！」

モモが、

「サムい、のサムやろ？」

なんて言ったけど、何故《なぜ》サムなんて呼び方をするのか分からなかったし、誰も聞かなかった。そしてサムが死んだ今、それは永遠に分からないことになってしまった。

「お葬式って、どんなんするんかなぁ。」

キムはまた、ぶちぶちとスパンコールをちぎり出した。ちぎったそばからぽいぽい捨ててしまうので、キムの後にキラキラ光る道が出来ている。その道をたどるようにハスがふらふらと歩いていて、ふたりは恋人同士だ。

「お葬式やないよ、お通夜やろ。」

「席とか、決まってんの？」

「え！　席？」

モモは長時間椅子《いす》に座ってるのを極端に嫌う。映画を観《み》に行っても三十分ほど経《た》つともぞもぞし出すし、日雇いのアルバイトに登録に行ったときも、説明会のビデオが長いと言って、途中で帰ってしまった。「尾骶骨《びていこつ》が、人より出てるねん！」

僕は心配してるモモに、座るのはお葬式のときだけなこと、それも親戚《しんせき》とか、身内の人たちだけなことを教えてやった。僕の父親が死んだとき、僕らは一番前の席にずっと座っていたけど、父親の友達なんかはお焼香を済ませて、お酒を飲んでさっさと帰って行ったし、まぁ、ちょっとした同窓会気分だろう。お焼香を終えるたびに皆深々とお辞儀をするから、僕らもいちいち頭を下げなければいけなくて、随分疲れた。

「さらーっとお焼香やって帰ればええねん。」

僕がそう言うのを聞いて、モモは少し安心したようだ。

「しょうこうしょうこう、しょうこうしょうこうしょうこうしょうこうー。」

絶対歌うと思った。モモはいつも、雰囲気をぶち壊すどうしようもないことをする。しかも誰に笑ってもらおうとも思っていないから、タチが悪い。自己満足の女王だ。

「麻原彰晃そっくりの奴とつき合える?」

「いや、実際似てる子おるやん。」

「じゃあ、そいつが人殺しやったら?」

「麻原そっくりの人殺しは、もう麻原やん。」

キムとモモは、ふたり揃《そろ》うと誰かの悪口とか憎まれ口とか、ひどいことばかり言う。僕はふたりをもう八年も見てるけど、随分女の子を信じられなくなった。断る理由もないから彼女は結構出来たけど、素直で純粋だし、僕は男の子の方が好きだ。それもキムに言わせれば、

「女嫌いあたしらのせいにしてるけど、アリは根っからの男好きやんか。」

だし、モモ曰《いわ》く、

「あんたのこと好きになる女は、変態だけや。」

だ。でも僕はモモもキムも好きだし、ふたりも僕のことを好きだと思う。

雨は強くなるでも止《や》むでもなく、だらだらと降っている。スミが、「走ろうや」と言って、でも走り出さなかったので、それで皆、同じようにだらだらと歩いた。


サムの通夜は桃谷《ももだに》駅のメモリアルパークで行われた。駅からの道すがら黒い服を着た人にぽつぽつと追い越された。喪服じゃないんだけど、なんていうか皆、サムの通夜に行くみたいに見えた。それは不思議な、でも懐かしい感覚だった。昔、父親とプールに行く電車の中で周りの人が皆、僕らと同じようにプールに行くように見えたことがあった。僕はいい場所を確保するため、目的の駅に着いたら誰より早く降りようと身構えていたのだけど、平日の昼間にプールに行く人なんていなくて、

随分拍子抜けした気分で歩いたのだった。父親が何の仕事をしていたのか思い出せないけど、平日の昼間に息子とぶらぶら遊べるぐらいだから、普通のサラリーマンでは無かったはずだ（そういや僕もよく学校を休んだ）。実際僕は、父親があまりがつがつと働いている姿を見たことが無い。思い出すのは、野外のコンサート（恐らくタダのやつ）で僕を膝《ひざ》の上に抱いて、外国の歌をくちずさんでいた姿、公園でフリスビーを投げる姿、たくさん飼っていた亀《かめ》にエサをやる姿、とにかく子供の目から見ても、雑誌の編集をやってバリバリと働く母の姿と対照的に、かなり呑気《のんき》なものだった。入院していた病院のベッドにも釣り道具やらプラモデルやらを持ち込んで、他《ほか》の病室の子供たちのちょっとしたアイドルになっていた。

今も僕の周辺を歩く人たちはただ黒い服を着ているだけなのに、弔いの気持ちを持ってとぼとぼと歩いてるみたいに見える。でもよく見ると、黒いTシャツの背中に大きく「鬼畜」と書いてあったり、ストラップのたくさんついた携帯で楽しそうに話していたり、つまりサムが死んだことなんて、誰も知らないのだった。僕はあのときと同じ、またもや拍子抜けした気分で、プールではなく斎場に向かって歩いた。

お香典には随分悩まされた。皆で同じ袋にするか、だとすればいくらにするのか、え—、二で割れる数字は駄目なんだ、いやそれはご祝儀ではないのか、いやいや最近はふたりで頑張って、ていう意味で、二で割れてもいいらしい。だからそれはご祝儀だって。結局のところ皆お金が無いのだけど、長々と悩んで、それぞれ三千円ずつ、ハスとキムだけふたりで五千円包んだ。なんだそんなちっぽけな、と思うだろうけど、働くのが嫌いな僕らにとって千円単位の出費はとても重大なのだ。

そんな僕らに、受付でちょっとした幸運が訪れた。

「お香典は、いただいていません。」

なんと！　僕らは嬉《うれ》しさを隠して、いやいやそう言わず、そんな感じで渡そうとしたのだけど、結局もう一度断られると、それぞれ素直にポケットやリュックにしまいこんだ。元々自分たちの金だったのに、なんか得したような気分になるのは不思議だ。

「さてさて！」

スミは少し機嫌を直したらしく、皆の先頭に立って歩き出した。キムも嬉しそうだ。

「新しい浄水器買おっと。」

だからお金が貯《た》まらないんだ、僕らは。

受付のある大きなホールは吹き抜けになっていて、そっけないステンレスの螺旋《らせん》階段が上へ延びている。サムの通夜は、螺旋階段を右に見つつ進んだ大きな会議室みたいなところで行われていた。いや「行われる」なんて大袈裟《おおげさ》なものじゃない。会場にはぱらぱらとしか人がいなくて、それぞれ泣いたり、小さな声で話をしたりしていて、もちろん皆黒い服だ。僕は何よりまず「広すぎる」と思ったし、「サムは若いのに随分辛気くさいな」とも思った。僕らが行ったのが大分遅かったのでほとんどの人が帰った後だったからかもしれないし、人が死んだのだから辛気くさいのはどうしようもないのだろうけど、それでも、誰とでもすぐ「友達だよな!」なんて言って肩を組んでいたサムの、その人生の終わりを飾るのに、どうもふさわしくなかった。

その証拠に、さっきまであんなに喋《しゃべ》っていたモモとキムが、今では小鳥が眠るときみたいに黙り込んでいる。明らかに周りの空気に圧倒されていて、油断すると、羽の中に顔を埋《うず》めてしまいそうな感じだ。ハスは恋人なのでキムの手を握ってやっているけど、モモはひとりぼっちだ。右手でぎゅっと僕の服をつかんでいて、だから握ってやろうかと思ったけど、スミがモモの空いている方の手を握ってやっていたし、甘やかすのはやめた。

入り口で固まっていた僕らに体格のいい男の人が近づいてきて、それはもう一目でサムのお兄さんだと分かる顔で、でもサムより凛々《りり》しくてハンサム、いつもならモモが僕の肩をつついて、

「好みのタイプやろ」

なんて言うタイミングだから、そうゆう軽口を待っていたけど、モモはスミの肩に隠れたままだった。

「剛のお友達ですか。」

そう丁寧に言うお兄さんの言葉に皆呆《ほう》けたようにうなずいて、さすがにこれではいけないと思ったのか、スミが、

「このたびは……。」

と言ったけど、言いなれない言葉の続きが分からず黙ってしまった。でもお兄さんはスミの言葉を待つでもなく、

「顔、見てやってください。」

と言った。モモが僕の顔を見た。僕の顔じゃないよ。言わないけど、モモはまったく動揺しすぎだ。

僕らが出会ったのは、十代の終わりだった。

僕とスミが同じ学校で（途中でやめたけど）、ハスとキムは昔からの恋人同士で、キムとモモがバイト仲間、スミとハスがレコード屋で出会った。サムは、ああサムも、僕らと同じ学校だ（サムはちゃんと卒業した）。

あの頃《ころ》僕らはさらさらと町を歩いて、どこかしらで知らない人に会って、ふわふわと会話して、また会おうね、なんて言って結局会わなかったし、いまいち名前が思い出せない人に「髪伸びたなぁ」と言われて、実は昨日切ったばかりだったりするのだけど、「そうやろ？」と笑ったりしていた。皆そんなことないのかな。十代の終わりと言えば、もっと中身のある、ぎゅうぎゅうと密度の濃い時期のはずなんだろうか。少なくとも僕たちは、プラスチックみたいに軽薄で、スポンジみたいに頼りない人間関係を築いていた。

そんな中で何故この面々が残ったのか考えてみたけど、僕らはいつも、なんていうか面倒くさがりだった。友達に「今度イベントやるから、来てよ」なんて言われたら、断ればいいのに、断ったときの相手の「なんで？」の追求が嫌で、思わず「行くよ」と返事をする。つまりその場がさらさらと流れればいい。そして、行かない。連絡を取らない。かなり厄介な面倒くさがりだ、それも確実に友達の減る類《たぐい》の。そして面倒くさがりは、いつだって曖昧《あいまい》な仕草で済ませたがる。感情をはっきり表に出さないけど、なんとなく「空気読めよ」的な伝え方。携帯の留守電に「これ聞いたら電話ください」と入っていて、あー、連絡しなきゃなぁ、しなきゃなぁ、なんて思いながらも面倒くさいので放《ほう》っておく。次にその人に会ったときに「うちの電話たまたま壊れてた」「電話しようと思ってたら偶然腹痛が起こって出来なかった」そうゆう馬鹿《ばか》らしい言い訳なんかをして、そして、ニュアンスで気付いてくれ、と思う。電話すんの面倒くさかったんだ、分かって。僕らはそういうとこ、妙に気があった。面倒くさがり同士、お互いの気持ちが手に取るように分かるので、一緒にいて心地いいのだ。

今でこそ僕らはお互い「面倒くさい」だの「それは嫌だ」だのとはっきり口にするけど、それを言うのもだるいときは、やっぱり電話がきても出なかったり、約束をすっぽかして連絡をしないままだったりする。それでもいつの間にか、誰かの家にふらりと集まる（ハスが動きたがらないので、集合場所はほとんど、ハスとキムの住む古いアパートだ）。

サムのお母さんらしき人が、僕らを見て、泣き腫《は》らした顔で頭を下げた。

先頭を切るのはスミだ。モモの手をひいて、祭壇へ向かう。その後にハスとキム、僕が続いた。

祭壇には大きく引き伸ばしたサムの写真が飾られていて、白すぎてすごく温度が低そうな百合《ゆり》の花が一面に飾られている。写真の中のサムは変に若いし、不自然にトリミングされているので、頭の形が少しいびつだ。モモが「パンスト被《かぶ》っても顔変わらんのちゃうん」と言った、奥まった目やすうっと通った鼻筋が、白黒写真の中でものすごい陰影を描いている。その濃さゆえに、サムは外国人に間違われたこともあった。僕らがいつも行くお店でお酒を飲んでいたときだ。僕らの席の横を通った女の子がサムにぶつかった。女の子は、

「あー、すいませ……」

まで言って、サムの顔を見て、慌てて、

「あ、エクスキューズ、ミイ。」

と言ったのだった。あれは、笑った。サムは自分の顔を指差して、

「ミイ?」

と言ったっけ。その言い方にも笑ったけど、あんまりしつこく言うから、面白くなくなった。「ミイ?」「ミイ?」とおどけ続けるサムに向かって、モモが「もうえ

えよ」と、ちょっとむかついた口調で言ったくらいだ。

　そう、サムは相当しつこくて、面倒くさい奴《やつ》だった。

　誰かが電話に出なかったら出るまでコールし続けるし、何度も留守電に入れる。僕らお得意の「ニュアンス伝達」が全く伝わらない人間だった。

　海行こうぜ、なんつって盛り上がっていたことがあったけど、お決まりのこととして皆段々面倒くさくなった。それでハスの、

「別に、今行かんでもええんちゃうん？」

　という決定的な一言で決まった。でも、そのときも最後まで行こうと言い続けたのはサムだ。

「なんでやねん、行こうや、行こうや。」

　あんまりしつこく言うサムに対して、もうお前ひとりで行けよ、そういう空気が漂っていたけど、ちょっと雰囲気が悪くなるのも嫌だし、皆黙っていた。いや、誰かが言うのを待っていた。でもサムはもちろん、そんな空気に気付くはずもなかった。

「海、行こうや、楽しいで！」

　海には、行かなかった。

棺《ひつぎ》の中のサムは、お決まりの「眠ってるみたい」なんて甘ったるいものじゃない、僕の父親のときと同じ、確実に死んでる人の顔だった。弛緩《しかん》しきった、無防備すぎる、決して動き出すことのない顔だ。僕の昔つきあっていた男の子が、死んだおばあちゃんのことを、

「切り取られた、大きい、爪《つめ》みたいやった。」

そう言っていたことを思い出した。

サムは、死んでいた。

僕らはお焼香を済ませて、棺の中のサムをいつまでも見ていた。しいんと静まり返った百合が、風も無いのにさわさわと揺れているみたいでちょっとぎょっとしたけど、それはサムの棺から流れるドライアイスの冷気のせいなのだと分かった。それで、サムは腐るんだなぁと思って、ますます爪だとか、まあ爪は腐らないから、何かとても冷たいモノのようだと思って、思わず、

「サム死んでるなぁ。」

と言った。当たり前のことを言ってしまった僕を、誰も咎《とが》めず、つまり皆同じように思っていたはずで、でもそれぞれこんな若い死体を見るのは初めてで、感想を

言いあぐねたモモが、

「口開いてる。」

そしてキムもつられて、

「右目もちょっと開いてるで。」

と言った。僕の角度からは口も目も開いてるように見えなかった。何か言おうとしたけど思い浮かばなかったらしいスミが、ちょっと怒ったように荒々しく手を合わせて、皆も慌ててそれを真似《まね》した。ハスだけがごそごそとポケットを探って、キャスターを五箱くらい静かに棺に放り込んだ。

「もらってばっかりやったやろ。」

ちょっと映画みたいなことをするハスに皆、少しやられたなぁと思ったけど、煙草《たばこ》に関してハスはサムに並々ならぬ借りがあるので、その仕草には作られたような嫌らしさは無かった。

ハスはよく、にやにやと笑いながら煙草を吸う仕草をするのだけど、それは「煙草ちょうだい」の合図で、もちろん僕らは誰もあげないけど、サムだけは、

「お前、買えよー。もう二カートンくらいやってるぞ。」

なんて笑って、煙草を差し出すのだった。ハスはいつもサムに煙草をもらうので、

ハスが吸ってる煙草を、誰も知らなかった。つまりサムのキャスターが、ハスの吸う煙草だった。サムはいつも二カートン、と言って、その量は減ることも増えることも無かったけど、絶対にそれ以上の数あげていると思う。ハスは「超」のつくヘビースモーカーだからだ（しかし、人に煙草をもらうヘビースモーカーってすごい）。

でも、この五箱で許してくれそうだ。サムはいい奴だから。

「煙草なんか入れたら、焼くとき爆発するんちゃうん？」

さっきも言ったけど、モモはいつもこういうとき、しんみりした雰囲気をぶち壊す。しょうがないから今度は僕が、手を握ってやろう。モモの手は、子供みたいに小さい。

隣の部屋ではテーブルの上に、お寿司《すし》やビール、お菓子が並べられていた。僕らがその部屋に入ると、まばらに座っている人が一斉にこちらを見て、僕は今さらながら、自分たちの（いや、主に自分の）格好のことを思い出して恥ずかしくなった。

でも、可愛《かわい》いキムとハンサムなスミが、咄嗟《とっさ》にとても感じのいいお辞儀をしたので、皆我に返ったような感じでこちらに向かって頭を下げ、そのまま元の話に戻ってくれた。決してハンサムとは言えない僕と、人嫌いなハスと、馬鹿みたいに口を開けているモモは少しだけふたりに感謝して、空いている席に座った。

「食べてええの？」

キムがハスに聞くけど、ハスに分かるはずもなく、僕らはぼうっとするしかなかった。話すことも無いし、お互いの顔は見飽きてるので、おそらく皆、さっきのサムの顔を思い出していた。いや僕は、モモが言った爆発のことを想像していた。

火葬という文化はすごいな、といつも思う。人間を焼くのだ！　大きな罐《かま》で！　堂々と！　つい最近まで息をしていた人間の、その皮膚や内臓や脳みそや骨までも焼くなんて、野蛮以外の何ものでも無い。だからってじゃあ土葬がいいかというと、棺の中で段々腐って行く感じもえぐいし、風葬も鳥や獣に食べられたりして、もっとえぐい。コンパクトにまとまるからやっぱり火葬がいいのかとも思うけど、父親が罐に入れられる瞬間の、恐ろしい想像の絵図を僕は忘れることが出来ない。

「あつ、あつつつ、おーい、まだ生きてるぞー。」

父親は生きながら焼かれるのだ。そういやあの日、僕の恐ろしすぎる想像に追い討ちをかけるように、母親が隣で泣きながら、

「お父さん、熱いやろなぁ。」

そう言ったので、僕は思わず、母親の手をふりほどいたのだった。

三箱目の煙草がすごい音を立てて爆発し、サムのみぞおちの辺りがスローモーションで吹き飛んだとき（もちろん想像の中で）、さっきのお兄さんが僕らの方にやって来た。僕らは少し緊張して、でもにっこり笑うのもどうかと思ったので、なんとも曖昧な表情をした。だけどお兄さんは、

「皆さん、ビールでいいですか？」

そう言って素敵な笑顔を見せてくれ、お酒を勧められたら絶対に断らないモモを筆頭に、それぞれのグラスについでもらった。

お兄さんは慣れた手つきで皆のグラスにつぎ終わると（コップが満タンになったらビール瓶の口をくるっとひねりさえした）、一仕事終えたように僕の隣に座って、目をごしごしとこすった。なんだか随分、疲れてるようだった。なんとなく黙り込んで皆ビールをちびちび飲んだり、相変わらずキムのスパンコールをちぎるぷちぷち言う音だけが聞こえていたけど、

「剛はねぇ。」

お兄さんの声で皆、救われたように顔をあげた。お兄さんは目をこするのをやめなかった。

「知ってますよね？　トラックにはねられてね。」

サムは、ウェブデザイナーをしていた。何をするのか分からないけど、デザイナーです、と言われたら皆納得するような雰囲気を持っているサムは、毎晩遅くまで働いていた。死んだ日の夜もいつものように深夜の帰宅になり、家に帰る途中のローソンで買い物をしていた。サムは日用品や食べ物をコンビニで買うという、贅沢《ぜいたく》&忙し君だったのだ。切れていた洗剤と朝ごはんのパンを買ってローソンを出たサムは、愛車の赤い（赤、言い忘れたけどサムのラッキーカラーは赤だ。眼鏡も赤、パンツも赤、財布も赤）プジョーにまたがって走り出し、そして、後ろから来たトラックにはねられた。

「クラクションを鳴らしたし、すごい音でブレーキかけたのに、振り向きもせんかった。」

つまり自殺ではないか、とトラックの運転手は言った。でも、自殺する奴が洗剤を、そして次の日の朝食を買うはずもないということで、トラックの運転手の業務上過失致死で落ち着いたのだった。

サムは、クラクションに気付かないほど疲れていたのか。普通のじゃなくて、ちゃんとスポンジの除菌も出来る洗剤を選んでいたのに、サムは自分をひき殺すトラックの轟音《ごうおん》には、気付かなかったのだろうか。赤いプジョーは、ぐちゃぐちゃになった。

僕は、そこまで疲れる仕事というのをしたことが無い。そもそも働くのが大嫌いな僕たちは、相変わらず昼の三時までのアルバイトをしたり、雨の日は休んだり、のらりくらりと過ごしていたのだけど、そんな僕らをサムはよく叱《しか》った。

「お前ら、もうええ年やねんから。」

スミだけはレコード屋で働いていて、といってもアルバイトだったけど、海外に買い付けに行ったり、有名なイベントなんかでまわしたりする機会が多かったので、サムに怒られることは無かった（こうやって考えるとサムの怒る基準は、社交的かそうでないかだったような気がする）。スミはハンサムだし、にこっと笑ったりするとそれはそれは愛嬌《あいきょう》のあるいい顔になったので、友達になりたがる人（特に女の子）が多かった。それでも面倒くさがりなのは僕たちと同じで、断るのが面倒で女の子に電話番号を教えてしまって、何度もコールされるのに嫌気がさして携帯を替えてしまうという、ちょっと馬鹿みたいなことをよくしていた。イベントで会った女の子に誘われるままに家に行ったし、そのままちょっと住んでみたりもした。で

も、

「プロレスゆっくり見たい。」

から、また自分の部屋に戻ってくる。僕らは面倒くさがりの他に、皆プロレス好きという共通点があったけど、スミは相当なものだった。好きな団体が大阪に来たときは絶対に見に行ったし、日曜深夜のプロレス中継は欠かさず見る。プロレス専門チャンネルがあるケーブルテレビにも入っていた。

モモは僕らの中で一番怠《なま》け者だ。恋人をころころ替えては、その人の家に転がり込んで、何も仕事をしなかった。恋人の稼ぎによって生活が変わるので、モモはたびたび太ったり痩《や》せたりする。でも彼と別れたら当然家を出なければいけなくて、そのときは僕の家に来る。家事は何もしないけど、遠慮も干渉もしないので、モモがいるのはあまり気にならない。女の子のくせに荷物をあんまり持っていなくて、でも家を出るときに恋人のレコードやら本を盗んでくるという悪い癖があった。そしてしばらくするとモモはまた、驚くほどたやすく恋に落ちて、

「結婚する！」

と、夢見がちな目をした。そしてまたその恋にも飽きて、家を出てぶらぶらすることが多くなる。セックスもさせないしごはんも作らないモモに恋人は腹を立て、

「別れよう」ときっぱりと言い、でもモモはあっさり「はぁい」なんつって出て行くし、しかも大切なレコードが無くなっているので、彼はモモのことを当然恨む（というわけでモモは結構男の子にも女の子にも嫌われている）。

キムは名前の通り在日朝鮮人だ。お父さんとお母さんはバリバリの総連系で、家では朝鮮語で話す。民族学校に入学させられたキムは、十六のときに家出をした。十六で家出なんて、かなりガッツのある方だけど、キムはすごく可愛い。細くてはかない感じがするし、生まれたての子猫みたいな、鼻にかかった可愛い声をしている。でもさっきも言ったようにモモと同様人の悪口ばかり言うし、口癖は、

「うっとーし。」

キムに言わせると都会に面白いことなんて無いそうだ。皆がクーラーをがんがんに効かせるから外が暑くなるし、アスファルトなんか敷くから、上からよりも下からの照り返しが暑い、日傘は上にじゃなくて下に向かってさすべきだ、魚がまずい、皆人の目を見て話さない、星が曇ってる、などと、言い出したらきりが無い。

「あたし、ハワイに行きたいな。」

ハワイだって、都会じゃないのかな？

そんなキムが絶対的に愛しているのがハスだ。ハスは僕らの中で、というより全

人類の中でもかなり無口な男だ。お酒が入ると話すけど、

「あんな、」

と言ったまま相当な時間黙り込んだりする。時々やばいくらい痩せるときがあって、一度、こんな時代なのに栄養失調になったこともある。キムが言うには、ハスは相当ナイーブなようだけど、ナイーブになる部分が人と違う。例えばハスは小さな洋食屋で皿洗いのバイトをしているけど、たまにレジに入らないといけないらしい。そのときに濡《ぬ》れた手をいちいちタオルで拭《ふ》かなければいけないのが、相当のストレスのようだ。僕らにしてみたらちょっと拭いてお釣りを渡すくらいなんてこと無いのだけど、ハスに言わせると、

「信じられん。」

ことなのだ。

「俺は皿洗いやで。お釣りかてびちゃびちゃの手で渡してもええねや。」

ハスの理屈はよく分からない。でも、なんか格好いい。

僕は、僕は、自分のことだからよく分からないけど、このメンバーの中では一番人間として出来ていると思う。男の子が好きだから社会的には少し生きづらいけど、

恋人が出来たら浮気なんかしないで尽くすし、ふられても恨みがましいことを言ったりしない。モモの我儘《わがまま》にも付き合えるし、ハスがひとりになりたそうにしたらすぐに姿を消してあげる。スミに貸したレコードが返って来なくてもまぁいいかと思うし、キムが言うからハワイの物件を事細かに調べてあげたりもした。サムとも皆よりは仲が良かったように思う。自分で言うのもなんだけど博愛主義だし、まぁ人を嫌ったりするのが体力を使うから嫌なだけだけど、サムの面倒な話にも、誰より長いこと付き合える自信がある。

でも、そんな僕でも、一度だけサムにキレたことがある。あれはかなり忘れられない出来事だ。

それは、大阪ドームで「猪木ボンバイエ」が初めて開催された日だった。三十一日の夕方から試合が始まって、年越しまで続く夢のイベントだ。僕らは猪木と過ごす年越しに相当気分が高揚して、行きがけに珍しくビールを一気飲みしたりした。サムは大してプロレスなんて好きじゃなかったけど、僕らがあんまり興奮して話すので(「お前らがそんな興奮すんの初めて見るわ!」)、持ち前の「人脈」を使っていい席を取った。何万もするアリーナ席だ。

サムは試合が始まる前、二階席にいる僕らに電話してきては、自慢していた。

「こっちはすごいリング近いでー。」

遠くから手をふったりしているサムを見て、モモが、

「あいつの眼鏡、かち割ったれ！」

そう怒ってビールをがぶ飲みしていた。モモは酔うとタチが悪いのではらはらしたけど、その日のモモの酔いは、思いもしない幸運なハプニングをもたらした。酔っ払って男子トイレに入ったモモが係の人と何故か仲良くなって、アリーナ席に移動出来たのだ。そしてモモが案内された席は、まさかの大逆転、サムの席よりも前側《がわ》だった。僕らはそれぞれモモを抱きしめた。大分得意な気持ちだったけど、その後はサムに自慢するのを忘れてしまうほど試合に熱中した。そしてあと十五分ほどで年明け、いよいよ猪木の登場になる前に、僕は身を清めようとトイレへ行った。でもトイレの前で運悪く、酔ったサムに会ったのだ。運悪くというのは、素面《しらふ》でも相当しつこいサムは、酔うと世界級のしつこさになるから。案の定サムは僕らが二階席から消えたのを、必要以上に不思議に思っていた。

「帰ったかと思ったやんけ、誰も電話に出えへんし。」

そういや僕らの携帯には、ぞっとするほどサムからの着信履歴が残されていた。

「うん、席移動してん。」

「どこに?」

「南の7。」

「七列目? 俺より前やん!」

「うん。」

「何で?」

サムの「何で?」は、恐ろしいくらいの迫力を持っている。会場では、すでにものすごい歓声が上がっていて、僕は、ああ猪木が登場したのだと思った。

「猪木や。」

「何で?」

もう、それどころではない。

「……モ、モモが、係の人と仲良なってん。」

サムが僕の顔を見てしばらく考えているようだったから、僕は、そのままずっと考えててくれ! そう願って、そそくさと逃げようとした。でもサムは、そんじょそこらの「しつこい君」では無い。なんたって世界級なのだ。逃げようとしている僕をがっちりとした腕で捕まえて、ちょっとよく分からないことを言った。

「何で、俺のチケット取ってくれへんかったん?」

「え？」

サムに摑《つか》まれた肩が痛くて、僕は情けない声を出した。

「だからぁ、今日、なんで、なんで俺のことぉ、誘ってくれへんかったん？」

よく分からないけど、やばい、これは長くなりそうだと思った僕は、早口で言った。

「え、だってサム、関係者の人にチケット取ってもらう言うてたやん。」

「……。」

「……プロレスかて、そんな好きちゃうやん。」

サムの目は赤く充血していて、それは寂しさで死んでしまうウサギ級だった。僕はサムの言うラッキーカラーについて、真剣に考えた。

「……お、お、お前らいっつも、俺ヌキで考えてるやろ？」

今度は何だ？　トイレで僕の肩をしっかりと摑んでいるサムは、周りから見ると、酔っ払いのハードゲイだ。僕はあまりの面倒くささに気が遠くなった。

「何を？」

ここでサムは急に、すごく酸っぱいものを食べたときみたいな顔をした。

「何をって、何をって……、生活をや！」

何で自分の生活に、他人を入れて考えるんだ？　僕は意味が分からなかった。でも、「イノキ・ボンバイエ」がスローバージョンでかかっていて、「百八つビンタ」が始まっているんだ！　ああ皆、猪木にビンタされるために列に並んでいるのだ、猪木のビンタはどんなだろう。そんな風に考えて、もう気が気じゃなかった。

「猪木が。」

「なぁアリ。」

「猪木。」

「お前らぁ、俺のこと、ど、どう思ってん？」

「猪木が。」

サムは僕の肩を放さない。相当な力だ。顔をぎりぎりのところまで近づけられて、酒臭い息がかかった。やさしい僕だけど、さすがに気持ち悪くなった。

「猪木。」

「何が猪木や、そんなんどうでもええ！」

その言葉で、僕はキレた。

僕はプロレス好きとして、サムの言葉は、どうしても許せなかった。人に対して腹を立てたことなんてあんまり無かったけど、僕はその日会場に来ていた何千人かの気持ちを代弁して、精一杯の力でサムを押した。不意をつかれたサムはべたん！とトイレの床にへたりこんで、そしてそのままゲロを吐いた（さっきの酸っぱい顔は、ゲロの予兆だったんだ）。サムのゲロは僕の靴を少し汚したけど、僕はそんなこと気にせず全力で会場に戻り、ああ、猪木を見たんだ。

初めて近くで見た彼は大きくて、光を背にして立つその姿は、神々しささえ感じた（恥ずかしいな、僕はきっと、酔ってたんだ）。恋人に一緒に来てくれるように頼んだのにあっさり断られたモモなんてちょっと涙ぐんでいたし（その日モモの恋人は他の女の子と過ごしていた）、同じ趣味を持つ幸運なハスとキムは双子みたいにぴたりとくっついて、猪木に祝福されるであろうふたりの将来を考えていた（ふたりの夢は結婚式に猪木を呼ぶことだ）。スミは胸に手をあてて（アメリカ人が国歌斉唱のときにする感じ）じっとしていて、連れて来られた感ありありのスミの彼女は、かなりつまらなそうにコーラをすすっていた（この後ふたりはすぐに別れた）。僕は横に立っていた広島カープのヘルメットを被ったおじさんといつの間にか手をつないで、猪木と共に迎える新世紀を思った。その頃サムは、ゲロまみれでトイレに倒れていた。

サムは、面倒くさいんだ。

何故サムが、僕たちに執着していたのか分からない。サムはサムの言うところの「友達だよな!」がたくさんいたし、仕事だって順調だった。

「色んなとこで顔利くようになりたい。」

それって仕事とどう関係があるのか、そして結局何になりたいのか分からなかったけど、とにかくサムは死んだ。


「剛もこれからや、ゆうときにねぇ。」

サムのお兄さんがぽつりと言った。

家族の一員を失う気持ちは、僕も分かるつもりだ。父親が死んだとき、僕と母親と妹は、三人揃って途方に暮れた。収入の面ではない。うちの家計は恐らくほとんど母親が支えていたからだ。ただつい最近まですぐそこにいて、笑ったり洟《はな》を擤《か》んだり爪を切ったりしていた人間、しかも自分と血のつながった人間が突然いなくなるというのは、本当に途方に暮れる。通夜や葬式なんかではバタバタ色んな雑務に追われて(お焼香した人たちに頭を下げることとか)それこそ考える暇も無いけど、厄介なのは、ちょっと時間的な余裕が出来たり、日常に戻るときだ。今のお兄さんみたいな状態。「いやいや疲れたよなぁ」とかそういうことを言おうと思ったら、その相手はいなくて、ああそうだ死んだのか、と気付く。しかもあんたの葬式で疲れたのか、そんな感じ。

死んだということを一度はっきりと噛《か》み締めると、「もう会えないんだ」とか「もっと優しくしてあげれば！」とか、そんなセンチメンタルな感情じゃなくて、なんてゆうか「おいおいおいおいおいおい、勘弁してくれよー」と思う。

「何で、ここにいないんだよ？」

今日はまだいい。さっきも言ったけど辛気くさいし、雨も降ってる。愛する人が死んだ、という日にふさわしい気がする。僕の父親が死んだときは、梅雨だったのに馬鹿みたいに晴れて、太陽なんかも小さい子が描《か》くぐるぐるのやつくらい照っていて、お経を唱える坊さんが何度も木魚を叩《たた》く棒を落として笑ってしまったり、後ろの方で久しぶりに会ったらしい父親の同級生の「太ったなぁ」「お前こそぉ」なんて会話も聞こえたりで、なんていうか、葬式コントみたいだった。しかも死んだ父親が今にも一番笑い出しそうに思えたから困った。僕らの感情を察して天変地異でも起こってくれれば、例えばものすごい嵐《あらし》になるとか太陽が消えてしまうとか、そんなことがあれば僕らも父親の同級生も「父さんっ」「何で死んだんだぁーっ」なんて大声で泣いたりして、それはそれで気持ち良さそうなのだけど、何も父親の死を悲劇的に彩る出来事は起こらなくて、ただ途方に暮れた。

サムのお兄さんは、サムが死んだことをどう思っているのだろうか。僕の父親は癌《がん》だったので、何となくもう死んでしまうよなぁ、という覚悟は出来ていたけど、サムは事故だ。

それこそ突然この世からいなくなって（とはいえ棺の中にサムの体はあって、でもそれは腐っていっているわけで、それも途方に暮れるよな）、かなり劇的だ。お兄さんは僕らよりもっと、ドラマティックにサムの死を悲しむべきだ。

「剛はね、あいつはねぇ。」

でもお兄さんは、ひょうひょうと話し出した。まるで「この前、車洗ってたらさぁ」とか、「玄米って体にいいらしいで」とか、他愛《たわい》のない話をするときの感じだ。ああやっぱりお兄さんも途方に暮れているのかと思って、思わず抱きしめたくなった。でも、

「男ばっかりの四番目でね。」

その言葉を聞いて、僕の心は立ち止まった。そして皆も、その意味を図りかねていた。そしてしばらくして、サムそっくりなお兄さんの顔、僕らのまわりを忙しそうに動き回る、やっぱりサムにそっくりな男の人がちょうど四人ぐらいいることに

気付いた。サム、何でそんな面白いことを言ってくれなかったんだ！　おそ松くんほどではないけど、サムのご兄弟は、かなりサムと同じ顔だった。

「なんてゆうかね、男ばかり七人もいると、それぞれ主張せんとね、お菓子にもごはんにもありつけんわけですよ。」

なんてことだ、サムは七人兄弟だった！　七人、七人もいるなんて！

「剛はね、ナイーブな奴でね。きっとものすごい甘えたなんやけど、そんなことにも気付いてもらわれへんでしょう、だからね。」

ナイーブ、サムが。皆サムのことを思い出して、ナイーブな部分を探した。

「よう、嘘《うそ》ついたんです。しょうもないね。」

「嘘？」

モモはすでに二杯目のビールを飲み終わっていて、いつも通りの手酌態勢に入っている。

「どんなですか？」

ピーナッツとかポン菓子とか、つぶつぶと細かい食べ物が好きなキムは、お菓子の中からそういったのばかりを探して食べている。おちょぼ口で顔が小さいから、それこそ小鳥がついばんでるみたいだ。

「うーん、そうやなぁ。小さい頃やったらね、突然心臓が止まった、とかね。」

「心臓?」

僕とスミとハスは、男らしく何も口にせず、ビールをちびちびと飲んでいる。

「いや、きっと母親の気ぃ引きたかったんでしょう。夜中に心臓が止まったとか、大きい鳥に連れて行かれたとか、そんなことよう言うてました。」

「へぇ。」

「人の気ぃ引きとうて、嘘つくんです。それで余計いじめられたりしとった。」

「サムが?」

思わずそう言ってしまった僕を、皆が一斉に見た。

「サム?」

お兄さんは、ごしごしこすって赤くなった目を大きく開いて、僕を見た。どきりとした。

「剛、サムいうあだ名やったんですか?」

「え、はぁ。」

お兄さんは、くしゃっという顔になった。大阪ドームのトイレで、吐く寸前のサムの顔だ。

「はは、そうか。」

せっかくやめたのに、お兄さんはさっきよりもすごい勢いで目をこすりだした。泣いてるのかな、と思ったけど、お兄さんは、泣いてるよりも、もっともっと情けない顔をした。スミが優しい声で、

「サム、剛君は、昔からサム呼ばれてたんやないんですか？」

と聞いて、それでお兄さんはふふふ、と笑った（その笑い方も、僕をどきりとさせた）。

「サムは、僕のあだ名です。」

僕たちは、ビールを飲む手やピーナッツをつまむ手、空になったビール瓶を振る手を止めて、お兄さんを、本当のサムを、じっと見た。

「僕ね、治言うんです、おさむのサム。あいつ、何でそんなこと言うたんやろ？」

お兄さんはくしゃっという顔を、ますますくしゃくしゃにした。赤くなっていたし、彫りの深い顔はゴリラみたいに見えなくもなかったけど、すごくかっこいいお兄さんだと思った。

「剛の、思い出話したってください。」

お兄さんがそう言って席を立ってからも、僕らはしばらく無言でいた。皆それぞれ、なんとなく違う方向を見ていて、するとハスがビールを飲み干して、

「サム。」

と言った。皆視線を変えず、でもその続きを待っていたけど、ハスは何も言わなかった。

「思い出話。」

ハスはもう一回そう言って、また黙り込んだけど、今度はスミが、

「なんか、話そか。」

と笑った。僕らは改めて目を見交わし、曖昧に笑った。普段改まってサムの話をすることとなんて無かったから困ってしまった。

どこから入ったのか、大きなハエが僕らの頭上をぶうん、ぶうん、と羽音をさせて飛んでいる。ハエはしばらく迷うように飛んで、結局キムの近くに置いてある空の紙コップに止まった。

「サム、なんでお兄さんのあだ名つこたんやろ。」

そう言いつつ、キムはさっきからかっぱえびせんをキャンプファイアーのように組むのに夢中だ。出来上がったそれの真ん中にハスがマシュマロを置いて、それが

どういうことか分からないけど、ふたりの中では目標とする形があるようで、丁度いい大きさのかっぱえびせんを探したり、真ん丸いマシュマロを選んだりしている。

そういえば僕は女の子と、こんな風に無意味に、穏やかに、時間を過ごしたことが無かった。好きだと言われるままつきあった女の子は数人いたけど、セックスをしない僕に「自分に自信が無くなる」そう言って去って行った子もいれば、「そんなあなたも好き」と言いつつ、新しい彼の元へ行く女の子もいた。恋人はいつも男の人だった。髪の長い人、魚みたいな皮膚をした人、桃のような匂《にお》いのする人。皆のことを本当に好きだったけど、でもやっぱり男同士の恋は、いつかは終わりの見えるものだった。サムはよくそんな僕を、

「痛々しい」

なんて簡単な言葉で否定したものだ。

「僕ゲイやんか。」

僕の突然の話し出しに、皆噴き出す。

「なんじゃそれ。」

「いや、僕ゲイやん。サムな、つつくねんそれを。痛々しいいうてな、病気みたいに言われたで。ええと、僕は普通に男の子好きやん。女の子も別に構わんけど、や

っぱり男の子が好きやんか。それもな、」

僕はサムのお兄さんが近くにいないことを確認して、小声で話した。

「ちょっと大人が好きやねん。しっかりした人。」

こんなとこで何、自分の好みのタイプを告白してるんだ？　自分で言っていて少し恥ずかしくなった。でもなんとなく気持ちが高ぶっていたので、僕はそのまま勢いで話すことにした。

「サムな、それ、僕のお父さんが死んだからや言うねん。」

モモが、ははん、と鼻で笑った。僕が言わんとしていることを分かってくれているのだと思って、僕は、「な？」っていう感じで、モモにうなずいてみせた。

「父性が欠落してるから、そうゆう人に惹《ひ》かれるんやって。イコール、僕は異常や言うねん。

父親が死んだときのことをよう考えろ、て。正常に戻るためには、
いや僕、お父さんのことそんな思ってないし、普通に男の子好きなだけやねんけど、えっと、なんや、あいつ、サムって、そんなん言うのん好きやったやろ？」

言ってて、これはサムの思い出話なんだろうかと不安になったけど、モモが助け舟を出してくれた。

「好きやったなぁ。」

心から納得しているように言うモモは、そういやそのふらふらとした恋愛遍歴のせいで、サムによく説教をされていたのだ。

「うちがな、すぐに男の人好きになったりやってもうたりすんのも、昔何かあったからや言いよるねん。いや普通に男の子好きやし、て。サムうるさいねん、お前はもっと幸せになるべきや、自分の体大切にせぇ。あげくにさ、」

ここでモモは噴き出しそうになった。

「俺がいつかお前を嫁にもらったる、て。」

僕らは皆、笑った。

「絶対嫌やし。」

それを聞いたスミが、モモに、

「俺、それサムに聞いたで。」

と言った。

「何を?」

「サム、モモのこと好きやってん。」

モモが、大笑いした。

「さむー、さむー。やっぱ寒い、のサムや!」

僕はあわててモモの口を押さえようと思ったけど、今回のモモは珍しく自分で口を覆った。そして驚いたことに、そのまま泣き出してしまった。モモの泣いているところは何度も見たことがある。大きな口を開けて大袈裟に泣くので、とても大人の女の人の艶《つや》っぽい感じが無いけれど、今ここで肩を震わして泣くモモは、とても小さくて儚《はかな》げに見えた。モモに言い様の無い愛情を感じて、いつもは絶対そんなことないのに、僕はあやうく、もらい泣きしそうになった。そして突然、本当に突然どうかモモが誰よりも幸せになりますように、と思った。

スミも同じように思ったのかどうか分からない。いやきっと、やっぱり僕と同じように思ったはずだ。だってスミはモモの髪を優しく撫《な》でて、それから何故か、僕の頭も撫でながら話し出したから。

「俺、彼女出来てもあんまり好きになられへんねん。自分が一番好きなんもあるし、彼女がや、自分の、なんていうか暗部？　トラウマやとかなんやサムの好きそうな話をしてきたらな、引くねん。お前それ何で俺に言うのー、て。俺のこと頼りにしてくれてんのやろけどな、それが嫌でなぁ。サムはな、モモの、どんなことあったか知らんけど、ていうか何も無かったかもしらんけど、全部受けとめたい！　言うて、モモにしたらええ迷惑やろうけどな、ちょっとかっこよかったで。」

モモは泣くのをやめて、スミを見て、それから、

「いや、きっしょい。サム、」

と言った。

「顔濃いし。」

「何やそら。」

スミはふふ、と笑って、僕を見た。モモの好みは一重《ひとえ》のすうっとした男の子だったな、と思い出して、僕も笑ってしまった。

僕は自分の話をモモに取られてしまったわけだけど、全然嫌ではなくそれどころか、ますます優しい気持ちでため息をついた。それは安心のため息ではなくて、誰かにまた、吐きそうなくらいの恋をしたいと、そんな風に思ってついたため息だった。そして僕は、スミが僕を見たように、ハスとキムを見た。

ふたりの恋は、今や熱く燃え上がるようなことは無く、その形をもっと丸くて、ふにゃふにゃと柔らかいものに変えつつある。でも、いつも一緒に笑っているその姿は、なんていうか僕らの驚異であり、憧《あこが》れだった。

僕の視線を受け止めたキムが、ＯＫ分かった、そんな感じで話し出した。今日は

皆、少し興奮してるみたいだ。

「あたしな。」

キムは、かっぱえびせんの櫓《やぐら》をもうふたつ作ってから、ビールを一口飲んだ。ビールの味に納得しなかったのか、眉間《みけん》にちょっと皺《しわ》を寄せて、それからごほん、と咳払《せきばら》いをする。

「サムにな、よう、聞かれてん。」

キムは、話しなれない子供みたいに、一言一言ゆっくり話した。皆を見回すように話すけど、黒目がちの目が潤んでいる。それはきっとお酒のせいなのだけど、皆それを見ないようにした。

「在日ってな、どんな気持ちやって。」

僕らは皆、キムの国籍のこと、ご両親ともう何年も会っていないこと、そんなことを知っていたけど、それに対してキムがどういう気持ちでいるのか、どんな子供時代を過ごしたのかを、聞いたことは無かった。結構大変なんだろうな、とそれくらいは漠然と想像していたけど、それ以上のことはキムが話さない限り聞かなかったし、実際キムも話さなかった。

「あたし、ハス君と一緒に暮らすときにな、国籍変えたいてお父さんに言うてん。

別に帰化したいなんてゆうてへんで。ただ、韓国籍になりたいって。でもな、許してくれへんかった。」

当時のことを思い出したのか、お決まりの「うっとーし」を言うときの顔をする。

「えっらい怒られたわ。」

僕は、向こうのテーブルにかっぱえびせんが置いてあるのを発見したから、キムのために持ってきてやろうと思ったけどやめた。

「サムもな、言うねん。キム、お前はもっと自分の国籍に誇りを持つべきや、て。うっといやろ、正直。ほっとけ、て。何言うてんねん思た。あたしは自分の国籍なんて考えへんし、誇りて何？て感じや。サムは、」

キムに力説するサムの姿が、目に浮かぶようだった。

「サムは、勝手にあたしの境遇を想像して、誇り持てとか、そんなん言う。」

サムって、そういうことを言う奴なんだ。

「でもな。」

気が付けばモモが、かっぱえびせんをもらってきていた。キムは感謝をこめてモモに笑いかけ、でもモモはちょっと泣き腫らした目でかっぱえびせんばかり見ていた。

「でもな、あんときは十代やったし、親の言うこと聞かなあかん思て、国籍も変えられへんかったけど、今はもう、二十六やろ？　自分で自由にしたらええねん。役所行って、申請したら済む話や。」

キムはかっぱえびせんを食べた。

「でも、変えてへん。あたしは朝鮮籍のままや。自分でも分からん、ハワイ住みたいし、変える方が絶対あたしのためやと分かってる。でも、このままやねん。あたしはそれを、知らんふりしとった。何をか分からん、でも、そうやねん、知らんふりしとった。でもな、やっぱり、帰化するって結構、考えるもんやねん。サムに言われて考えたいうのは、言いすぎやけど、ああいう子が、何回も〝誇り〟やなんや言うから、あたしは朝鮮籍なんや、て改めて思た。区別するわけやないけど、あまりにも何も考えんとおるのは、無理なんやて思た。キムいう名前だけで腫れ物に触るみたいに接する人いっぱいおるし、サムみたいなんもいっぱいおる。皆とおって心地ええのんは、自分のことに関して何も考えへんからや。あたしが何者か、何も聞かれへんから。でもな、あたしはもっと、考えるべきなんやて思うねん。あたしは、朝鮮籍や。」

ハスがキムの肩を、さりげなく、本当にさりげなく抱いていて、それで僕らも、さりげなく聞いてる素振りをした。キムは、可愛い頰《ほお》を赤くさせて、恥ずかしがった。

「サムの思い出話、ちゃうよなぁ。」

ふふふと笑って、もう無くなったピーナッツをまた探し出す。

スミが、

「いや、充分思い出話や。」

そう言って、それから恥ずかしそうに、

「俺は、キムが好きやで。」

と笑った。恋人であるハスがそれに答えるようににやりと笑って、

「幸せにします。」

なんてお門違いなことを言って、キムは、

「うっとーし。」

と笑った。モモは馬鹿みたいに何度もうなずいて、何故か、

「ありがとう。」

と言ったけど、誰も「それはキムの台詞《せりふ》だろ」とは言わなかった。

サムは、人のことばかり聞いて、「うっとーしい」いことに内部にまで入り込もうとして、でも、僕らはサムに何も聞かなかった。どうしてサムなのかも、どんな恋人がいるのかも。

サムは面倒くさい奴だったけど、誰よりいい聞き手だったのかもしれない。サムが死んだ今、僕たちはお互いのことを初めてきちんと話した（ハス以外）。それは少し恥ずかしいことだったけど、僕らをやっぱり優しい空気が包んでいて、モモの「ありがとう」がとてもこの場に合っているので、なんとなく皆少し微笑《ほほえ》んでしまうのだった。

順番的にハスが話し出すのを、皆待っているようだった。でも、ハスはひとり満足そうに笑っていて、いつまでたっても話さなかった。そのマイペースぶりはさすがだ。モモの飲むペースも速くなってきたし、キムも隣のテーブルのビールなんかを取ってきだしたので、スミが、

「そろそろ帰ろか。」

と言った。皆がビールを飲み干して（貧乏性なのだ）、さあ、と席を立とうとしたそのとき、ハスがやっと、

「あ。」

と言った。話したいことが見つかったのか。それにしてもタイミング考えろよ。ハスを見ると、ハスはいつの間にか携帯を取り出していて、その画面を食い入るように見つめていた。どうしたのかと思って皆がハスの話すのを待っていると、ハスはちょっと、信じられないことを言った。

「サムから、メール来た。」

酔ったモモが「ひっ」と言ってそれからげっぷをして、キムも何故か、

「うっとーし。」

と言った。スミが、

「嘘つけ。」

そして僕だけが、

「なんて？」

と言った。ハスは答える人をきちんと選んで、つまり僕の方に、携帯を見せた。

そこにはこう書いてあった。

「トンダ。」

ちょっと、ぞうっとした。トンダ、飛んだ？　空へ飛んだってことか？　死んだサムがメールを送ってきたのだろうか。僕らは立ち上がりかけた姿勢のまま、固まってしまった。

ハスが、

「あー。」

と納得したように言ったまま、また黙った。

「何よ、ハス。」

「何なん？」

ハスは皆を見回して言った。

「プロレス。」

「え？」

「昨日の夜、テレビでプロレスやってたやろ？」

それはもちろん知っている。

「ライガーが久しぶりに」

ああ、そうか。

「ロープから飛んだから、」

そういえば。

「俺、皆にメール送ったやろ。」

僕のとこにも届いた。ライガーが飛んだ途端「トンダ」てメールが入ったから、夜中だったのにモモとふたりで随分笑った。あんな短い時間に、のんびり屋のハスが皆にメールを送れるのが信じられなかった。

「サムの携帯、ぐちゃぐちゃになったときやったんやろか。遅れて戻って来たんや！」

キムが興奮して言った。確かにハスの携帯には、『以下のメールは送信できませんでした』とある。

『トンダ。』

「しかしすごいタイミングで戻ってきたなぁ。」

嘘つけ、と少し怒っていたスミもかなり驚いて、ハスの携帯をまじまじと見た。

「サム死んろったんや。」

モモはもうあまり呂律《ろれつ》が回っていなくて、それでもゆっくりと、

「サムも飛んだ。」

と言った。

そしてライガーが空を飛んだとき、サムも飛んでたんだ。その想像は僕らを悲しい気持ちにさせた。同時に、とてもロマンティックだとも思った。

サムはトンダ。

残念ながらサムにライガーが飛んだことは伝わらなかったけど、もともとサムはそんなにプロレスが好きではないし、構わないだろうと思う。いいよな、サム。

サムの通夜というドラマティックな場とはいえ皆やっぱり、「少し調子に乗って話しすぎた感」は残った。メモリアルパークを離れるにつれ、恥ずかしくなってきた。それを予期してか、自分のことはなんにも話さなかったハスだけにやにやと笑って、ちょっと驚いたんだけど、

「しょうこう、しょうこうー。」

と歌い出した。モモが、

「あれ、それ何れ歌ってたっけ？」

と言って、それから手を振ってどこかに飲みに行った。スミはレコードを聞きに

帰り、ハスとキムはビデオを借りに行った。僕は家に帰ってモモのために晩ごはんを作ろうと思った。

駅に着いてから気付いたのだけど、いつの間にか雨があがっていた。傘を忘れたと焦ったけど、そういや誰も傘なんか持っていなかったな、と思い出してひとり笑った。

駅にいる人たちは皆傘をたたんで、それぞれ自分の思うことをしている。僕は知らない景色を見るような新鮮な気持ちで、皆を見回した。

切符売り場で僕の前に並んでいたおじいさんなんかはぶつぶつと独り言を言って後ろに長い列を作らせていて、仕事を終えたサラリーマンは、傘で素振りの練習中だ。ホームのゴミ箱には折れたビニール傘が挿してあって、駅員が不機嫌そうな声で、

「二番線電車入りますー。」

なんて言っている。ベンチで女の人が熱心にメールを打っていて、その横で塾帰りの小学生が漫画を読んでいた、たぶん『バガボンド』。

なんだ。いつもと変わらない風景に拍子抜けして、そして僕は冷蔵庫にセロリが入ってることを思い出した。足元を見るとコンバースの紐《ひも》がほどけていて、それを

結びながらひき肉と玉ねぎを買ってミートスパゲティを作ろうと思った。

靴紐を結び終わって顔を上げたのとほぼ同時に電車が入ってきて、僕は突然、ほんとに突然、「ああそうか」と思った。

サムの死は急で劇的で、僕らは思わず胸の内なんかを話して、それはなんとなくサムのおかげだ。それでも、拍子抜けするくらい淡々と、僕らの日常は続く。父親が死んだ日の、馬鹿みたいに大きな太陽、同級生の笑い声、ホームに立つ僕、紺色のコンバース、サムのお兄さん、モモの恋、スミの好きなレコード、朝鮮人のキムとナイーブなハス、ロープから飛んだライガー。

誰が死んでも、何が起こっても、日常はいつもぼうっとそこに横たわっていて、それは悲しくなるほど無責任だ。

サムは短いその生涯を終えて、僕たちの前には長い長い道がある。その現実に少し涙ぐみそうになるけど、はは、変わらない、馬鹿みたいな、いつも通りの日常がそこにある。

電車に揺られながら携帯を見た。ハスからのメールだ。

『明日皆で、フリスビーでもしませんか。』

明日はバイトだ。でも僕は、メールの返信をした。
『なんやったら行くわ。』

猿に会う

二十五歳になっても彼氏おらんいうのはあかんのちゃうん、と、きよちゃんに言われて、さつきちゃんは、ぐう、と、下唇を噛《か》んだのだけど、さつきちゃんの前歯は、なんか丸いから、ラムネを二個、ふざけて唇にはさんでいるみたいに見える。さつきちゃんは、このラムネみたいな丸い歯を気にしていて、笑うときは両手で口を隠す。でも、笑うときだけじゃなくても、普通に話しているだけで、さつきちゃんの歯はちらちらと姿をあらわす。ぐんと前に出ていて、冬なんて、乾燥しているのか、さつきちゃんが口を閉じていても、唇が前歯にひっかかっていることがある。

「数えで二十六歳やで？　四捨五入したら三十やって。」

さつきちゃんの下唇が、少し白くなっている。

それを分かっていても、きよちゃんは、そう付け足すのを忘れない。しかも、「三十やって」のところは、「さん　じゅう　やっ　て」という具合に、小さな女の子に教えるように話す。さつきちゃんはますます、歯に力をこめたみたいだ。唇はほとんど、紫色になった。

「二十歳くらいまでやったら、処女の女の子とか、男の子は喜ぶかもしらんけど、数えで二十六で経験がない、て言うと、ひるんでまうで？」

きよちゃんは、数え年にこだわる。

私たちが出会ったのは、中学一年生で、蒼井《あおい》きよ、明石《あかし》さつき、飯田《いいだ》まこ、という出席番号順で仲良くなった。そのときから、きよちゃんは、

「あたしら、数えで十三歳やな。」

と、言っていた。数え年の意味がいまいち分からなかった私とさつきちゃんは、誕生日のお祝いのたびに、一歳足してくるきよちゃんの意図を、まったく理解出来なかった。

早く年取りたいん、と訊《き》いた私に、きよちゃんは、大きなため息をついて、

「ええ？　数え年は大切やねんで。節分のときかて、豆の数は数え年の数やし、厄年かて、数えで決まんねんで。」

と、教えてくれた。それでも、どうして数え年を大切にすべきなのかは、分からなかったし、もっと分からないのは、きよちゃんの四捨五入の癖だった。

四捨五入というのは、四までならゼロにしてしまって、五からは十にしてしまうことだと思うのだけど、きよちゃんは、例えば四時間目が終わると、

「四捨五入したら終わったと一緒やな。やったわ。」

と言ったり、カレンダーが十六日を過ぎると、

「四捨五入したら六月も終わりやんか。やったわ。」

という風に使った。四捨五入というより、とにかく真ん中を過ぎれば、きよちゃんは「やった」と、思うようだった。だからきよちゃんは、六月を過ぎれば、必ず、

「ああ、四捨五入したら一年も終わりやなぁ。やったわ。」

と言った。

スケールの大きい人やねん、と、さつきちゃんは言う。

さつきちゃんは、きよちゃんのことを尊敬しているところがある。

それは、きよちゃんが処女ではない、ということに関係しているのかというとそうではなくて、さつきちゃんはきよちゃんのことを初めて出会ったときから尊敬しているようだ。たぶん、おっとりしていて無口なさつきちゃんと違って、きよちゃんは、上手にたくさん喋《しゃべ》れるからだと思う。

「笑てるけど、まこちゃんもやねんで。聞いてるん？」

きよちゃんが急にそう言うから、私はうまく返事をすることが出来なかった。

「え？」

「もう、また聞いてないん？　まこちゃんは。」

「聞いてるよ、数えやろ。」

「ちがうって。彼氏おらん話やんか。」

「ああ。」

さつきちゃんは二十五年間彼氏がいないけれど、私もそうだ。

中学のときにひとり、高校のときにひとり、短大のときにひとり、好きな人はいた。

短大まで一緒だったきよちゃんとさつきちゃんにも、私はその人のことを教えた。応援するわ、と、きよちゃんは張り切ってくれたし、さつきちゃんは手作りの「恋愛成就」のお守りをくれた。けれど、私の恋は成就しなかった。そもそも、告白をしなかったから、私の気持ちすら、彼には伝わらなかった。

「ねえ、まこちゃんみたいなことを、おくてって言うんやんな？」

と、さつきちゃんがきよちゃんに言ったけど、決して意地悪な風ではなかった。

「おくて、ていうより、まこちゃんは、すぐに何でもあきらめてまうねんて。」

きよちゃんの言う通りだった。

私は、小さな頃《ころ》から、何に対しても執着心、というものがなかった。

お母さんと、お父さんには、

「まこちゃんは、器量がそんなによういないんやから、お勉強や他《ほか》のこと、しっかり頑張りなさいね。」

　と言われたけど、そんな風に言われると、頑張るというよりは、かえって、

「器量がよくないのなら、器量がよくないなりに、静かに生きていこう。」

　と、小さいながらに達観してしまったようなところがあって、それは無理をしていたわけじゃなくて、なんていうか本当に、人に対して腹を立てたり、悔しいなぁ、と思うことなんかが、あんまり、ほとんど、なかった。

　四つ下の妹におやつを多く取られて、少し腹の立つ気持ちになっても、

「たかが、おやつや。生死に関《かか》わるわけちゃうし、おかず取られたんなら、怒ってもいいやろうけど、こんなことで怒ることはないわな。」

　と、思う。次の日、おかずを取られてしまったときも、

「お釜《かま》にようさん炊きあがったごはんがあるんやし、味気ない、いうだけで怒るんは、どうかと思うわ。生死に関わるわけではないし。」

　と、思った。

　小学校のとき、一緒に走ろうな、と友達に言われて走ったマラソン大会で、最後にその子が急に猛ダッシュをして私を置いていったときも、思った。

「約束とちゃうけど、たかがマラソンの順位が変わるくらいのことやわ。生死に関

わることと、ちゃう。」

生死に関わるようなことが無い限り、私は決して怒らないし、執着しない。好きな男の子に、チョコレートあげーや、ときよちゃんとさつきちゃんが言ってくれたから、チョコのクッキーを作ってはみたけれど、学校に行く途中に転んで粉々になってしまって、それはそれで、瞬間悲しい気持ちになりはしたけれど、

「これがクッキーやなくて私やったら、と思うと……。ラッキーやったわ。」

と思った。当然、クッキーはあげなかったし、その男の子は、誰《だれ》か違う女の子にチョコレートをもらって、その子とお付き合いをしたみたいだった。

高校のときも、短大のときも、ほとんどそんな感じだった。

男の人のことを諦《あきら》めるのは、そんなにつらいことではなかった。泣きそうになることはあったけれど、いつものあれ、生死に関わることじゃない、ことが分かると、私はけろりとしていたし、今では、その人たちの顔も覚えていない。

「今年こそ、まこちゃんもさつきちゃんも、彼氏をつくらなな!」

きよちゃんにも、彼氏はいないのだけど、きよちゃんは、彼氏がいる人よりも

堂々としている。処女じゃないから？　分からない。でも、私が処女なことは、生死に関わることじゃない。

数え年で二十六歳、四捨五入したら三十歳の私。

きよちゃんも、さつきちゃんも、私も、実家暮らしをしている。住んでいる地区が少し違うので、小学校こそ違ったけれど、中学からは、ずっと一緒だ。

同じ高校に行くのも、同じ短大に行くのも、私たちは何にも迷わなかったし、喧《けん》嘩《か》らしいことを、したことがなかった。大抵は、きよちゃんが私たちを叱咤《しった》する、という感じで、さつきちゃんは下唇を噛む程度だし、私は、生死に関わることじゃない、と思っている。というより、あまりちゃんと、話を聞いていないようだ。

私たちは、南大阪の、この小さな街から、出たことがない。

きよちゃんには、弟がいる。きよちゃんにそっくりな目をした、ニキビだらけの男の子で、今は福岡の大学に行っている。きよちゃんのお母さんは、おしゃべりだけど、病気がちな人で、だから家のことはほとんどきよちゃんがやっている。

さつきちゃんには、ふたつ上のお姉ちゃんがいるけど、随分早くに、お嫁に行ってしまった。家には、矍鑠《かくしゃく》としたおばあちゃんがいて、さつきちゃんのお母さんと折り合いが悪い。でも、おばあちゃんはさつきちゃんにはやさしいから、さつきちゃんは、ふたりの間の緩和剤みたいな存在になっている。

私の妹はとても勝気で、友達も多くて、夢もあった。大学は豊中《とよなか》のほうにあって、通えないことはぜんぜんないのだけれど、一人暮らしをどうしてもしたい、と言って、出て行った。お父さんとお母さんは、そのことをとても悲しんで、どうか、まこは、お嫁に行くまでは家にいてね、と、いつも言う。

だから私たちは、短大を卒業して、ぽつぽつとアルバイトなどをしているだけで、堂々と家にいることが出来た。

「私たちみたいなのを、パラサイトシングルいうんやろ？」

さつきちゃんが、そう言うけれど、もちろん、意地悪な感じではない。私たちも、そう言われたところで、別段傷つくようなこともないし、実家はとても、居心地がいい。

一度、妹の一人暮らしの家に遊びに行ったけれど、お風呂《ふろ》は狭いし、台所の換気はいまいちだし、ベランダも、大きめの柴犬《しばいぬ》が丸くなって休める程度のものだった。こんな家なのに、ひとりのほうがいい、と言う妹は、変わっていると、私は思った。

妹がお風呂に入っているときに、何気なく、ベッドサイドにある引き出しを開けたら、あの、避妊具というやつがたくさんあって、驚いた。私はピンク色のやつを、ひとつポケットに入れて、持って帰ってきた。

でも、帰ってきた後、妹の恋人が、避妊具がひとつ減っていることに気付いて、それで喧嘩とか、ややこしいことになっているかもしれない、と思い、申し訳ない気持ちになった。だからといって、返すわけにもいかず、私はそれを、中学のときの卒業アルバムにはさんでおいた。ページは、さつきちゃんのクラスにした。

私たちは、お昼を一緒に食べたり、きよちゃんがごはんを作りに帰る夕方までお茶を飲んだり、それぞれの家へお泊まりなどをした。

毎日顔を合わすのだけど、話すことはいくらでもあったし、話すことがなかったとしても、私たちが沈黙を怖がることはなかった。私にとって、きよちゃんとさつきちゃんは、阪急《はんきゅう》沿線に住んでいる血のつながった妹よりも、もっと身近で、実体のある人たちだった。

昨日も、きよちゃんの家に泊まった。

きよちゃんの家は、私たちが通っていた中学のすぐ近くだ。テニスコートの裏にあるから、時々、黄色いボールがきよちゃんちの庭に飛んでくる。でも、ガラスを割られたことは、今まで一度も無いそうだ。

きよちゃんのお母さんは、ボールが部屋に飛んでくるたびに、

「ああ、もう。」

と、うめき声をあげるそうで、それが時々きよちゃんを、イライラさせるのだと言う。

「どこが悪いんかって言われると、貧血気味ってだけやねん。だから、お薬飲むとかそんなんじゃなくて、ただ寝てるねんな。とにかくごろごろしてて。ボールが飛び込んできても、ひっくり返ったジョウロなんかを元に戻すんは私やし、ボールとりにきた中学生を叱《しか》るのも私やねんで。」

私もさつきちゃんも、貧血気味になったことがないので、お母さんの苦しさを分かることは出来ないし、私のお母さんも、さつきちゃんのお母さんも健康なので、いつも寝ているお母さんを持つきよちゃんの気持ちを、分かってあげることは出来ない。

私たちが泊まりに行くと、きよちゃんはほっとした顔をする。家にいると、時々、お母さんのことを大嫌いになる、と、きよちゃんは言う。そして、そんな風に思う自分のことも、大嫌いになるのだと、言う。

きよちゃんのお父さんは、泉州の農協に勤めている。めがねをかけていて、七三わけにしていて、いかにも日本の父親、という感じだ。めがねの奥の目が、ほぼ四十度くらいの角度で吊《つ》りあがっていて、それがきよちゃんにそっくりだ。

きよちゃんは目が細いけれど、唇も細い、というより薄い。鼻もたぶん小さくて、あまり印象がない。中学生のとき、意地悪な男子が、「幸薄そうな女子」に順位をつける、なんて言い出して、きよちゃんはダントツの一位だった。勝気なきよちゃんはそのとき、「何よー」なんて言っていたけれど、トイレで泣いていたのを知っているのは、私とさつきちゃんだけだ。

男子の前で決して涙を見せないきよちゃんを、私はかっこいいと思ったし、もしかしたらさつきちゃんも、そういうところを尊敬しているのかもしれない。

きよちゃんは、決して薄幸ではない。

昨日きよちゃんが作ってくれたごはんは、おからの炒《い》ったのと、大根と鶏《とり》を焼いて甘酢で煮たものと、白菜とベーコンのサラダだった。お味噌汁《みそしる》はいりこからダシを取ってあって、絹ごしと木綿両方のお豆腐が入れてある。きよちゃんの料理は、とても美味《おい》しい。

私とさつきちゃんは、その料理のことをすごく楽しみにしている。スパイスから炒《いた》めるドライカレーや、タラを揚げて明太子《めんたいこ》のソースと和《あ》えたのや、八角の香りを効かせたスペアリブの煮物や、家では食べないものを、きよちゃんは食べさせてくれる。

一度、さつきちゃんとふたりで、きよちゃんにお料理を習ったことがあったけれど、きよちゃんの手際のよさに感動するばかりで、ちっとも上達しなかった。

簡単だから、唯一覚えて、家でも作ったのが、イカのスミ炒めだった。

最後にバターと七味唐辛子を少し入れるのがコツで、お父さんもお母さんも、歯を真っ黒にして感激してくれた。でも、

「まこちゃんはいつでもお嫁にいけるなぁ。」

とは、言わなかった。

「さつきちゃんもまこちゃんも、どうなん？　彼氏とか出来たん？」

きよちゃんのお母さんは、今日は調子がいいみたいだ。ごはんを食べた後も、居間で私たちと一緒に林檎《りんご》を食べていた。

「出来ないですよー。」

私がそう言うと、お母さんは、

「そうなんー？　ふたりともかいらしいのにー。」

と笑って、林檎をほおばった。しゃくっと美味しそうな音がした。きよちゃんは、次々なくなる林檎の補充のために、もう新しい林檎をむいている。くるくる、魔法のようなきよちゃんの手つきを見ていると、お腹《なか》いっぱいのはずなのに、いくらでも林檎を欲してしまう。

「出会いがないんですよ。」

さつきちゃんが、ぼそっとそう言ったけど、お母さんは聞いていなかった。

そう、私たちには、出会いがない。

ずっと家にいるのだから、それは当然なのだけど、アルバイト先なども、きよちゃんのお父さんに頼まれた農協の箱詰めとか、粉末の玉ねぎスープの検品とか、女の人や高齢の人ばかりの職場だったりする。合コンにも行ったことがないし、同窓会に呼ばれることもない。私たちは、いつも三人で固まって、三人でいられるところに行き、その場から、離れようとしなかった。

だから、きよちゃんに彼氏が出来たときは、衝撃だった。

短大に入ったばかりの頃、きよちゃんは、大学の近所にあるお弁当屋さんでアルバイトをしていた。授業に空きがあるときに入れるのがいいと、きよちゃんはそのアルバイトを気に入っていたのだけど、もうひとつ、大きな理由があった。

厨房《ちゆうぼう》でおかずを作っている男の子だ。

それが、きよちゃんの初めての彼氏になる藤本《ふじもと》君、という男の子だった。

藤本君は、今どきの男の子、という雰囲気はぜんぜんなくて、自然に真中で分かれてしまう髪と、白くてきめのこまやかな肌が特徴的な男の子だった。

いい雰囲気の子がいると、きよちゃんに聞いてはいたが、彼女らがどうやって「付き合う」にいたったかは、知らなかった。ただ、私とさつきちゃんは、きよちゃんのデートの様子を細かく聞き、想像の羽を膨《ふく》らませては、ほう、と羨望《せんぼう》のため息をついた。

藤本君は、きよちゃんの表現を借りれば、とてつもなく格好のいい男の子になったし、藤本君といるきよちゃんも、見たことないくらい可愛《かわい》い女の子になった。

きよちゃんの恋愛は、私とさつきちゃんにとっても、甘い思い出だ。

だから、きよちゃんが藤本君との恋を終えたとき、私とさつきちゃんは、自分のことのように寂しかった。男の子のことで泣くことなどなかったさつきちゃんは、声をあげて泣いたし、私も、これは初めて自分の生死に関わるのではないか、と思った。身を切られるような寂しさだった。

でも、一番悲しかったのはもちろんきよちゃんで、その落ち込みようは普通じゃなかった。勉強も手につかないし、大好きだったお笑いのＤＶＤを見ても笑わなかった。というより、見ようともしなかったし、電車に乗っていて、急に泣き出してしまうこともあった。私とさつきちゃんは、いつも片方の手を空けておいて、きよちゃんが泣き出すと、肩や背中を叩《たた》いた。

きよちゃんは当然お弁当屋さんをやめ、だから私たちは帰り道、お弁当屋の前を通らず、遠回りをして駅まで行かなければいけなかった。でも、そのおかげで、花見のシーズンになってもあんまり人の来ない、桜の綺麗《きれい》な公園を見つけることが出来たし（卒業してからも、私たちはそこで花見をしている）、下の歯が出ている、面白い顔のブルドッグ（表札から、私たちは「元木《もとき》」と呼んでいる）を見つけることも出来た。

きよちゃんと藤本君がいつ「そういう関係」になったかを、私もさつきちゃんも結局訊かなかった。デートのことや、ふたりがお互いのことをどんな風に褒めるか、というような「ロマンティック方面」のことは訊いたけれど、「そちら」のほうのことを訊くのは、私たちの良心が許さなかったのだ。

「あ〜あ、もう寝るわ。」

お母さんは大きなあくびをひとつして、居間を出て行った。みし、みし、と階段をあがる音と一緒に、お母さんの「ふう、ふう」という苦しそうな息遣いも聞こえた。

きよちゃんのお父さんはとっくに眠っていて、居間には私たちだけになった。

「おばちゃん調子よさそうやん。」

「そうやねん。まあ、あったかくなってきたしな。」

きよちゃんは、残りの林檎三つにぷす、ぷす、と爪楊枝《つまようじ》を刺し、私とさつきちゃんにひとつずつ、自分でひとつ口にほおばると、お皿を台所に片付けに行った。

きよちゃんちの台所はいつもピカピカで、家中で一番生き生きとして見える。

お皿洗いを終えたきよちゃんが、ぎゅう、とふきんを絞って、ぱん！とそれを広げる様子を見るのが私は好きで、それはきっと、さつきちゃんも同じだった。

私たちは、トランプで七並べを二回やってから、歯を磨いて眠った。きよちゃんちには、私とさつきちゃんの歯ブラシが、当然のように置いてある。


次の日、さつきちゃんから電話がかかってきた。

それぞれ携帯電話を持っているけれど、電話をするときはいまだに、家の電話にかける癖がある。

「きよちゃんのおばちゃん、調子よさそうでよかったな。」

「せやな。」

「あとな、きよちゃんが作ってくれたごはん、美味しかったな。」

「せやな。」

私たちが話すのは、大抵そんな風で、でも、きよちゃんの前だと大人しいさつきちゃんも、私とふたりのときはおしゃべりになる。

「あの鶏と大根の煮物もな、お酢の加減がちょうどええやんか。」

「うん、すっぱすぎひんかったしな。」

「せやねん。きよちゃんの料理って、ほんま絶妙な味加減やと思うわ。」

「せやな。また食べたいな。」

「うん。まこちゃん、」

「何?」

「最近、なんかええことあった?」

「ええことって?」

「なんでも。なんか、ええこと。」

　さつきちゃんが私に「ええこと」と言うときは、大抵が「彼氏出来そうか」とか、「男の子に会った?」とか、そういうことなんだけど、そんなことはもちろん無い。だから、

「あのな、最近お母さんが漬けてるかりん酒をちょっと飲むようにしてんねん。ほんなら、めちゃくちゃ喉《のど》の調子ええねん。あとな、なんか、肌も綺麗になったような気すんねで。」

　なんてことを、言う。

　さつきちゃんは、少しほっとしたような声になる。

「ほんまー。ほんなら、そのかりん酒、今度まこちゃんち泊まりに行ったときもらおかな。お酒きつい?」

「そんなきつないよ。うちもお酒飲まれへんけど、ぜんぜん大丈夫やもん。でもさつきちゃん、お酒入ったチョコレートでも顔ぽーってなるもんな。」

「せやで。この前な、おばあちゃんが飲んでる養命酒ちょっともろたらな、それだけでふわーってなってな、心臓もどきどきして大変やってんで。」

「そうなんや。養命酒ってええのん？」

「おばあちゃんはええって言わはるよ。よう眠れるんやって。おばあちゃんめっちゃいびきかいてようリビングで寝てはるもん。お母さんがいびき聞いて自分の部屋で寝たらええねん、て怒ってるけど。」

「おばちゃんとおばあちゃん、まだ仲悪いん？」

「前みたいに言い合いとかはせーへんけど、最近は冷戦って感じやな。家で会うてもぜんぜん喋れへんねん。」

「それも嫌やなぁ。」

「せやろ。ふたりとも何か話すときは、うちに言うねん。さつき、あの人にこう言うといて、とか、あの人何て言うてた？　とか。うちを間に挟まへんと喋れへんねん。」

「さつきちゃん、重大な役目背負てんなぁ。」

「しんどいで実際。」

「せやなぁ。」

私は、さつきちゃんに、もう一度かりん酒を飲ませる、という約束をしてから、電話を切った。すると、携帯がちかちか光っているのに気付いた。開くと、きよちゃんからメールがあった。

『家に電話したらずっと話し中やったから、さつきちゃんと話してんのかなと思ってます。』

きよちゃんも、特に用事は無いみたいだから、

『昨日のきよちゃんのごはんが美味しかったって話をしてました。ほんまに美味しかったよ。ありがとう。あと、今度うちんち泊まりに来たとき、お母さんが漬けてるかりん酒を飲んで、ていう話をしてました。』

とメールを打った。しばらくすると、きよちゃんから、

『お酢は体にええのんです。かりん酒楽しみ。』

と、返事が来た。私は、きよちゃんのメールを二回読み返してから、歯を磨きに行った。

私の家にも、きよちゃんとさつきちゃんの歯ブラシが、当然のように置いてある。

きよちゃんのは黄緑、さつきちゃんのはオレンジ。私が選んだ。

ある日さつきちゃんが、

「占いに行かへん？」

と言ってきた。

「東心斎橋に当たる占いあるらしいねん。普通の喫茶店なんやけどな、占いしてほしいんですけど、て言うたら、占ってくれはるんやて。」

「へえ！」

きよちゃんは、数え年も好きだけど、占いとか、その類《たぐい》のことも好きだ。いつも、雑誌や何かの占いページをチェックしていて、私たちの分まで教えてくれる。だから、さつきちゃんがそう言ったときも、目をきらりと光らせて、すぐに乗り気になった。私は私で、心斎橋、という言葉に、きらりとなった。最近ずっと、お互いの家を行き来するだけだったから、たまには街に出て、みんなで買い物なんかをしたいと、思っていたのだ。

「ええやんええやん！」

「ほんなら、明日行こう。」

こういうとき、仕事をしていなくて本当に良かったと思う。誰かひとりでも、働いていたら、こうやって頻繁に会ったり出来なかっただろうし、思い立ってすぐにどこかへ行くことも出来なかったと思う。ひとりを置いて、ふたりで会うのは、きっと心苦しかったはずだ。私たちはいつだって、三人でひとつだったから。

きよちゃんがいないとき、さつきちゃんはよく喋るようになるけれど、それは、きよちゃんにいつでも会えるという安心感があるからだと思う。きよちゃんが働いていたり、忙しかったりして、ずっと私とふたりでしか会えなかったら、さつきちゃんは途端に、おしゃべりをやめてしまうだろう。私もそうだ。

さつきちゃんがいないとき、きよちゃんはさつきちゃんに話さないようなことを、私に話すけれど、それも、さつきちゃんがいつだってそばにいてくれる存在だと、分かっているからだと思う。さつきちゃんが本当にいなくなってしまったら、私もきよちゃんも、なんだか居心地悪くって、もぞもぞしてしまうだろう。私がいないときのふたりも、そうだろうと思う。

三人いるから、ふたりでもいられる。

だから、世間のカップルは、どういう仕組みになっているのか、疑問だ。ふたりには、お互いしかいなくて、それで、どうやって安心するのだろう。居心地が悪くなったりしないのか。不安になったりしないのか。自分たち以外に「誰か」がいないなんていう、変なバランスの中で、苦しくなったりしないのか。

きよちゃんは、私たちに、「甘い出来事」しか話さなかった。一緒にいて苦しかった、なんていうことは、一言も言わなかった。それはもしかしたら、きよちゃんのサービス精神だったのかもしれない。お別れしたとき、きよちゃんは本当に悲しんだけど、心のどこかでは、息苦しさから解放されると思って、少し、ほっとしたのじゃないだろうか。男の人とふたりっきりなんて、私には、考えられない。

待ち合わせは駅にした。

そんなことだけでも、いつもは家の行き来ばかりしている私たちにとっては、新鮮なことだった。それに、みんなが少しお洒落《しゃれ》をしているのも、気恥ずかしくて、嬉《うれ》しかった。

「さつきちゃんのスカート可愛いなぁ。水玉?」

「水玉やと思うで、ちょっと楕円《だえん》やけど。」

「きよちゃんのカチューシャ、この前三人で買い物行ったときに買うたやつ？」

「せやで。似合う？」

「似合う似合う！」

「まこちゃんの靴、新品やない？　綺麗な水色やなぁ。」

「せやねん。足痛くなれへんかな？　お母さんがかかとんとこに石鹸《せっけん》塗っていき言うねんけど。」

「運動靴やあるまいし。大丈夫やで、うち絆創膏《ばんそうこう》持ってるから。」

きよちゃんは頼もしい。外に出かけるときは、かばんの中から何でも出してくれるのだ。ソフトクリームを服に落としたさつきちゃんにウエットティッシュ、コンタクトがずれてしまった私に目薬、裁縫道具もあるし、どんなに晴れていても折り畳み傘を常備、口寂しいときの飴《あめ》、かばんの紐《ひも》が万が一ちぎれてしまったときの、大きな安全ピン。

だからきっと、私の靴擦れくらい、きっと大丈夫だ。

水色の靴は、すごく気に入って買った。

私たちの駅から南海難波《なんかいなんば》駅までは、準急行で三十分ほどかかる。

数年前まで、私たちの駅が始発だったから、大概座ることが出来た。でも、もっと郊外に新しい駅が出来てからは、座れないことも増えてきた。

私たちは難波に行くとき、座れるように一番後ろの車両に並ぶことにしている。難波駅では、大抵の人が一番前の改札から出る。だから、必然的に前の車両が混むのだ。このことを提案したのは、意外にもさつきちゃんだった。

さつきちゃんは、おっとりしているけれど、空いている席に滑り込むのが上手だ。もし座れなくても、すぐに降りてしまう人を見分けるのが得意で、さつきちゃんに従ってその人たちの前に立っていると、次の駅で、だだーっと降りてしまう。

この前神戸《こうべ》に行ったときも、あの、いつも混んでいるJRで、四人席にまんまと座ることが出来た。それも、さつきちゃんの嗅覚《きゅうかく》のおかげだ。しかも、ひとつ空いている席に誰も座ってこようとしなかった。

今日も、さつきちゃんは、普段見せないこま鼠《ねずみ》のような機敏さで、三人分の席を取ってくれた。

天気が良くて、気持ちが良かった。

さつきちゃんが、かばんの中から紙を取り出した。それは、例の店の情報がプリントアウトされたものだった。

「安いなぁ。飲み物代と、プラス千円でええって。」

「安いん？」

「安いよ。占いって三十分五千円とか、そんなんするやろ？」

「ほんだら、はい、あなたはペケペケですよ、言うて終わりかもよ。」

「そんなんやったら嫌やなぁ。」

電車は、時々止まるのかと思うくらいの徐行を続けながら、走っている。

「懐かしいなぁ。短大行ってたとき思い出せへん？」

「ほんまや。」

私たちは、よっつ離れた駅の短大に通っていた。たかだかよっつでも、高校まで自転車通学をしていた私たちからすれば、胸躍ることだった。満員電車というやつも初めてだったし、男の人とぴたりと体をくっつけることも、初めてだった。

さつきちゃんは、私たちより頭ひとつぶんくらい小さいので、いつも苦しそうだった。だから、きよちゃんと私が、さつきちゃんを守るように立つのが、常だった。

いつからか、さつきちゃんが、席を取るのが上手になって、それからは、私ときよちゃんが、さつきちゃんに守られているような気分だった。さつきちゃんを頼もしいと思うのは、いつも、電車の中だけだった。

「あんときもさ、さつきちゃんのおかげで結構座れて行ってたよな。」

「私のおかげちゃうよ、だってあんときまだ、私らの駅が始発やったやん。だから、早めに並んでたら座れてんって。」

「そっか。懐かしいなぁ。」

沿線上で、一箇所、川を渡る橋を通るから、線路が高くなっているポイントがある。

景色がぽっかり抜けていて、遠くに見える工場の煙突や、大きな川や、川原を通る柴犬とおじさんなんかが見える。川の先には、閉鎖された病院があって、幽霊が出る、ということで有名だった。遠くから見える建物は、昼間でも薄気味悪かったけれど、何故《なぜ》か、私はこの景色が好きだった。朽ち果てた病院の、ぼうっと白く浮かんだ影と、決して綺麗とはいえない川の、それでも流れている感じ。それを見ていると、気持ち悪い、とか、怖い、とかいうよりも、なんだか、せやんなぁ、と思うのだった。

私たちが二年間通っていた駅は、昔とちっとも変わっていない。駅構内にある肉まん屋さんも、その横においてある緑色のベンチに書かれている「羽車ソース」の宣伝文句も、そのままだ。

「一回さ、まこちゃんがあの肉まん食べたい言うて、三人で食べたやん？」

「うん、あのベンチに座ってな。」

「あんときさ、帰りの電車でまこちゃんが貧血なったん覚えてる？」

「そうやっけ？」

「忘れたん？　大変やったやん！　まこちゃんしゃがんでしもて。」

「あ、あったかなぁ、思い出したわ。あんとき、肉まん急いで食べたから、体中の血が一気に胃に集まってしもて。」

「はは、そうやったなぁ。まこちゃん、肉まんが、肉まんが、言うて、真っ青な顔しとったなぁ。」

「恥ずかしいわ、忘れてやー。」

「私なんて、二個食べても平気やったで。」

「さつきちゃん、あんとき一番太ってたんちゃう？」

「太っとったよ、今より四キロ肥えてたもん。」

「四キロって、大きい赤ちゃん一人分やで！」

「ほんまや、こわー。」

私たちの車両に、女の子の集団が乗ってきた。きっと、私たちの短大の女の子だろう。みんな髪の毛をくるくるさせて、きらきら光る時計をしている。私たちより年下のはずなのに、お姉さん、のような雰囲気だ。車内が急に、華やかになる。髪の毛が肩くらいまである私は、くせ毛だから、自然に髪がくるりと跳ね上がっている。でも、太くて固いから、あんな風につやつやと軽やかなカールじゃない。雨が降ると広がるし、癖がついたら直らないし、強情な髪だ。

さつきちゃんが、私の髪の毛についていたホコリを取ってくれた。さつきちゃんの髪は、自然な栗《くり》色で、つやつやしていて、綺麗だ。私はさつきちゃんの髪を、うらやましいと思う。ええなあ、と言うと、さつきちゃんは、せやなぁ、と答えた。何を言われているのか、分かっていないのだ。それとも、視線の先に、綺麗な女子大生たちがいるから、あの娘《こ》たちを見て、そう言っているのかもしれなかった。

電車がまた動き出したとき、きよちゃんが呟《つぶや》いた。

「四捨五入したら、もう着いたと同じやな。やったわ。」

平日の昼間でも、難波は人が多い。

もうすっかり大人なのに、難波駅を出ると、初めて三人だけでここへ来たときの、緊張や、わくわくした気持ちを思い出して、落ち着かなくなる。

「とおりゃんせ」が鳴る信号を渡って、心斎橋筋に入ると、そこでも音楽がかかっていた。ちょっとクラシックっぽいけど、たくさんの人の笑い声や話し声にまぎれて、よく聞こえない。

占いに行く前に、お昼ごはんを食べようということになった。

さつきちゃんがスパゲッティが食べたい、と言うので、そうしようと言った。でも、いつもごはんを作ってくれているきよちゃんの意見を優先すべきではないか、と思って、きよちゃんは？　と訊くと、きよちゃんも、

「食べたい。」

と、嬉しそうだった。きよちゃんがわくわくしていると、私まで嬉しくなる。

心斎橋をぶらぶら探すと、すぐにイタリアの国旗が目についた。特にお店にこだわりはないので、そこに入ると、二階建てになっていて、奥にも長い、意外に大きなお店だった。

真ん中の席に通されて、私はボロネーゼ、さつきちゃんは明太子としそ、きよちゃんはキャベツとシラスのアーリオ・オーリオというやつを頼んだ。美味しいものを食べると、きよちゃんはすぐにそれを家でも作ってくれるので、きよちゃんがどんな感想を言うか、楽しみだった。

「さつきちゃん。」

きよちゃんは、おしぼりで丁寧に手を拭《ふ》いて、さつきちゃんに呼びかけた。少し、真面目《まじめ》な顔をしていた。

「何？」

「あんな、さっきスパゲッティ食べたい、て言うたやろ？」

「うん。」

「最近はな、パスタって言うんやで。」

「えっ、そうなん？」

「あ、うちもそれ思った。」

実は、私も、さつきちゃんがスパゲッティと言ったとき、あ、と思ったのだ。

「料理の本も全部パスタって書いてるんやで。」

「そうなんや……。」

さつきちゃんは、また、あのラムネの歯で唇をぐう、と噛んだ。何か、とんでもない間違いを犯してしまったような顔だった。

「でも、たいしたことないんやない？」

かわいそうになったので、私がそう言うと、きよちゃんが、

「じゃあ、これ、これは何て言う？」

と、テーブルに置いてあるデザートのメニューを指差した。

「え？　え？　めにゅー？」

さつきちゃんは、相当怯《おび》えている。

「違うよ！　この、これよ、この、食べ物たち。」

きよちゃんは変な日本語になっているのも構わず、アイスやプリンやティラミスの写真を指差した。

「え、でざーと？」

さつきちゃんがそう言った。私はまた、あ、と思った。

「違う！　スイーッ！」

きよちゃんは、学校の先生みたいな口調になっている。

「それくらいさつきちゃんも分かってるよ！　でも、わざわざ言わんだけで……。」

さつきちゃんをかばうべく、私が抗議の声をあげると、

「分かってるのと、使うのんは違うんやで！　ふとしたことで、この子あかんわ、て判断されること、あるんやから。」

と、きよちゃんは諭すように言った。さつきちゃんは、唇を、歯を、ぺろりと舐《な》

めた。

「スパゲッティ言わんねや……。パスタ言うのん……。」

「あかんって判断されるのん？　デザートって言うたら？」

「せやで、世間は怖いんやから。」

それから、私たちは、いつからズボンをパンツと言うようになったのか、お母さんはまだベストをチョッキと、タートルネックをとっくりと言うかどうか、中吊《なかづ》り広告で「ビジュー」という言葉を見たが、あれは宝石のことらしい、などと話した。

そうこうしているうちに「パスタ」が来て、一口食べたきよちゃんが、

「うむ、美味しい。」

と言った。やった、今度はキャベツとシラスのアーリオ・オーリオを食べられる。だから、一口もらうのはやめにした。楽しみは、後に取っておいたほうがいいから。

食後の「スイーツ」をどうするか、ということになった。私が、歩きながらソフトクリームを食べよう、と提案すると、ふたりとも、嬉しそうに笑った。

中学三年生のとき、私たちは初めて難波に遊びに来た。

卒業間ぢかで、みんなにお別れのメッセージを書いてもらうサイン帳を買いにきたのだ。アメリカ村に行きたかったのだけど、いまいち場所が分からなくて、結局

心斎橋筋をぶらぶらするだけで帰った。でも、戎《えびす》橋を見たとき、これが有名な「ひっかけ橋」かと感動したし、ぜんぜん好きじゃなかった芸人さんが歩いているのを発見して、大興奮した。

そのとき、三人で食べたのが、抹茶のソフトクリームだった。

心斎橋筋を歩いていると、ぷんとお抹茶の匂《にお》いがしてきて、思わず三人で買ったのだ。界隈《かいわい》には、お洒落なアイスクリーム屋さんや、カフェなんかが出来てきたけれど、今でも私たちにとって、抹茶ソフトクリームは特別な味だった。

抹茶ソフトクリームは、にんにくでいっぱいになっていた口に、優しくて、とても美味しかった。それに、きよちゃんがウエットティッシュを用意してくれていると分かっているから、私もさつきちゃんも、堂々と食べることが出来た。

ぶらぶら歩いていると、さつきちゃんが大きな薬局を見つけて、リップを買いたいから、と言って中に入った。そして、リップだけだと言ったのに、大豆で出来たお菓子や、コアラのマーチや、ぶどう味のグミなんかも一緒に買って出てきた。

「また四キロ増えるで。」

私が言うと、さつきちゃんは、電車のときと変わらない口調で、

「こわー。」

と言った。そして、この使い方が合っているかと言うように、きよちゃんをちらりと見た。きよちゃんは、すれ違う人をじっと見ていた。

東心斎橋まで来ると、さつきちゃんは、急に緊張し始めた。

占いで何を言われるか、という緊張ももちろんだけど、今回の発起人である自分が、みんなを無事に店まで誘導しなくては、という緊張だ。私はそんなさつきちゃんの感情が、とてもよく分かった。

さつきちゃんは、ほとんど碁盤の目になっている東心斎橋で、地図を回したり、体の向きを変えたりした。しびれを切らしたきよちゃんが地図を取り上げるまで、私たちは同じ道を、ぐるぐる歩いた。

喫茶店は、本当に、普通の、喫茶店だった。ガラスのはめ込まれた古い扉と、レンガ風の壁、一枚の木で出来た看板には、「刻《とき》の庭」と書いてある。

よく考えたら、その店の前を一度通ったようだったけれど、私たちはどこかで、占い、ということで、もっとおどろおどろしいというか、厳かな雰囲気を想像していたんだと思う。唯一、店名だけが、占いっぽい。

扉を開けると、五十歳くらいのおばさんがレジに座っていた。一目見て、きっとこのおばさんが占い師だろうと、分かった。

ほとんど白髪の髪の毛は、頭の上で大きなお団子にしている。耳たぶに大きな蛇がかみついているイヤリングをしていて、首には赤や緑や黄色の玉がいくつもぶら下がったネックレス、大きなバラが刺繍《ししゅう》されたワンピースは、私ときよちゃんとさつきちゃん三人がすっぽり入れるくらい大きい。

占いをしたい、ということを言わなければいけないさつきちゃんは、おばさんの雰囲気に圧倒されたのか、もじもじしている。とりあえず、入り口に近い丸テーブルに三人腰掛けた。

「いらっしゃいませ。」

厨房から、すらりと長身の女の人がお水をみっつ持って出てきた。腰にエプロンを巻いて、頭を男の子みたいなベリーショートにしている。私もさつきちゃんもきよちゃんも、その女の人にすっかり目を奪われた。ぴたりとした白いTシャツ、そこから出ている二の腕は、とても細くて、産毛が茶色く光っている。細い黒のズボン（きよちゃんに言えばきっと、「パンツって言うねんで」と怒られるだろう）と、小さなグレーのエプロン。ぺたんこの黒い靴を履いていて、それで音もなく店内を歩いて来る様子は、若い鹿《しか》のようだ。

この人なら優しそう、と思ったのか、さつきちゃんが、

「あの、」

と、口を開いた。それだけでも、さつきちゃんにとったら、すごい勇気だ。

「はい？」

でも、女の人の優しい笑顔に圧倒されてしまったのか、さつきちゃんは、また、もじもじしだした。左手で、私の背もたれに触れている。助けを求めているのだ、と思った私が、請うようにきよちゃんを見ると、きよちゃんはきよちゃんで、女の人の綺麗さに、すっかり心を奪われているようだった。ぼうっとしている。

だから、勇気を出して、私が切り出した。

「あの、ここ、占い、してもらえるんですか？」

「はい、やってますよ！」

まるで、冷たいコーヒーもありますよ、と、教えてくれるみたいな言い方だった。

ほっとした。

「ご注文決まりましたら呼んでくださいね！」

厨房へ戻っていく女の人を見送って、私が、少し誇らしげな顔できよちゃんとさつきちゃんを見ると、さつきちゃんはずっともじもじしていたし、きよちゃんはま

だ、女の人に見とれていた。

「なあ、あの女の人が、してくれるんかな？」

　私がふたりをつついてやっと、ふたりは私を見てくれた。

「あのレジの人？」

「そうっぽくない？」

「絶対そうやろ、占い師の雰囲気ぷんぷんやん。」

　おばさんは、レジの前にじっと座って、動かない。目をつむって、何か考え事をしているみたいだ。

　女の人をもう一度呼び、きよちゃんはアイスレモンティー、さつきちゃんはアイスキャラメルミルクティー、私はアイスカフェオレを頼んだ。

　女の人は、厨房に入り、てきぱきと作業を始めた。コーヒーの良い匂いや、キャラメルの甘い匂いが店中に漂っている。ちら、とレジの女の人を見ると、相変わらず目をつむって、何もしていない。すごい人なら、私たちが入ってきたときから、もう、何かが見えているのかもしれない。そう思うと、緊張した。さつきちゃんときよちゃんを見ると、同じことを思っていたのか、小さくうなずいた。

「お待たせしました！」

女の人は、元気よく、でも、決して乱暴じゃないやり方で、私たちの前に飲み物を置いてくれた。さつきちゃんは、さっそくストローをくるくるかきまわして、半分くらいまで飲んでしまった。喉が渇いていたのだろうけど、アイスキャラメルミルクティーなんて甘いものだと、またすぐに渇きそうだ。

「占いしたいときは、呼んでくださいね！」

女の人が、そう言った。私たちは、顔を見合わせた。飲み物より、それが目的なのだ。

「あの、はい、今してもらえますか？」

と、今度は、きよちゃんが訊いた。

「今？　はい、分かりました！」

レジのおばさんを見ると、私たちの声を聞いても、やっぱりまだ、目をつむっている。何か霊界の気を、自分の中に注入しているのだろうか。ぴくりとも動かない。

「じゃあ、誰から？」

え、と思って視線を戻すと、空いた席に、女の人が座っていた。エプロンをはずして、ノートのようなものを手に持っている。

驚いてみんなを見ると、ふたりともあんぐりと口をあけている。さつきちゃんのラムネの歯が、ころりと転がってきそうだ。

「あ、あの、」

「はい？」

「占いは、あの……？」

きよちゃんが女の人に手を差し出すと、

「ええ、私がやります！　アキラといいます。よろしくお願いします。」

と、溌剌《はつらつ》と答えた。

こんな綺麗な、若い女の人が占いをするなんて、信じられなかった。喫茶店は普通だし、飲み物が入っているグラスもとても可愛いけれど、占い、というのは、もっとうさんくさい、年輩の人がするものじゃないだろうか。

そもそも、あのレジの人は、何なのだろう。メニューを持ってきてくれたのも、飲み物を作って持ってきてくれたのも、占いをするのまで、この女の人、アキラさんひとりでやっている。あんな、怪しげな雰囲気をかもし出しているのに。

「誰から？」

顔を見合わせた結果、なんとなく、きよちゃんから占ってもらうことになった。

「じゃあ、ここに名前を書いてください。好きな色でね。」

アキラさんは、ノートをきよちゃんに差し出し、色鉛筆を取り出した。色鉛筆は、どれもちびていて、ノートも、ぼろぼろだった。たくさんの人が、自分の名前を好きな色で書いたのだろうと思うと、なんだか泣きそうになった。

きよちゃんは、少し迷って、黄緑色の鉛筆をとり、名前を書いた。

「はい、じゃあ、ちょっと見せてくださいね。」

アキラさんは、じっとその字を見て、しばらく動かなかった。その横顔が、やっぱり綺麗で、うっとりと見つめてしまった。そんな視線をものともせず、アキラさんは顔をあげると、はっきり言った。

「あなたは、とても疑《うたぐ》り深いところがありますね。」

きよちゃんの目の周りが、真っ赤になった。緊張しているのだ。きよちゃんの癖だ。

「そうですか。」

「ええ、とても疑り深いんやないかしら。人の話とか、話半分で聞いてるところはないですか？」

「……あ、あるかもしれません。」

「それは、直したほうがいいですよ。人のことをまっすぐ見ることが大切です。疑り深さは、目に表れますからね。」

「はあ……。」

きよちゃんは、自分の目を恥ずかしそうにこすった。

「何か見て欲しいことはありますか？」

「え、あ、あの、恋愛を……。」

きよちゃんは、私とさつきちゃんをちらりと見た。私たちは、応援するように、きよちゃんにうなずいた。アキラさんは、じっときよちゃんを見つめていた。その目は、少し緑色がかっていて、メロンみたいにみずみずしかった。

「あと数年は、何もないでしょうね。まずは、その疑り深さを直さないと。あなたは、何に対しても疑いでもって接してしまうから、男性とどうこうなるどころではないですよ。」

「……そうですか。」

きよちゃんは、心底がっかりした様子で、そう言った。私もがっかりした。

それから、健康のことや、家のことなどを訊いたけど、アキラさんは「疑り深さを直しなさい」と言うばかりで、きよちゃんはますます、滅入《めい》ってしまった。

「じゃあ、次の方は？」

思いがけず、さつきちゃんが手を挙げた。

アキラさんはさつきちゃんに向き直り、にっこり笑った。さつきちゃんは、またどきっとしたようだけど、占いの結果から解放されたきよちゃんは、見るからにぐったりしていた。

「じゃあ、ここに名前を。」

さつきちゃんは、ピンク色の鉛筆で名前を書いた。アキラさんは、きよちゃんのときと同じように、じっと紙を見つめた。

「うん、あなたはね、ちょっと、いらないことまで喋ってしまうところがありますね。」

「え、そうですか……。」

私も、きよちゃんも、驚いた。さつきちゃんがおしゃべりになったところなんて、見たことがなかったからだ。

「そうです。悪く言うと、口が軽いんやね。」

「……そ、そうですか。」

「なるべく、大切なことを、丁寧に話すように心がけはったらええんと違いますか。言っていいことと、悪いことの、区別をきちんとして。」

「……はあ。」

「あなたも、恋愛のことを？」

「……はい。」

アキラさんは、さつきちゃんを改めてじっと見つめた。その顔は、やっぱり綺麗だったけれど、よく見てみると、さつきちゃんの顔、中でも口元ばかり見ている気がした。さつきちゃんは、緊張しているのだろう。また、歯が乾燥して、唇に貼《は》りついてしまっている。

「そうね。男の人も、どうもあなたのことを信じられへんのやないかな。」

「……そうですか。」

「男の人はね、安心を求めてるところがあるから、あんまり、がーっとおしゃべりでこられると、引いてしまうんやないかしら。」

さつきちゃんが、男の人に「がーっとおしゃべり」しているところなんて、見たことどころか、想像すら出来なかった。第一、今、目の前でおどおどしているさつきちゃんの、どこを見たら、そんなことが言えるのだろうか。

いや、もしかしたら、占いだから、私たちが知らないさつきちゃんの本当の姿が、この人には、見えているのかもしれない。

自分の本当の姿。

そう思って、私は段々、見てもらうのが、嫌になってきた。私が、妹の部屋から避妊具を持ってきたこと、そしてそれを、卒業アルバムのさつきちゃんのクラスにはさんであることも、アキラさんは、分かっているのかもしれない。

「じゃあ、最後はあなたですね。」

私は「はひっ」と、変な声を出してしまった。手には、いやな汗をかいている。さつきちゃんは慌ててストローをすすったけど、もうアイスキャラメルミルクティーはなかったから、かわりに、水を飲んだ。潤った歯は、安心したように、唇から、ぽっと離れた。

アキラさんが、じっと私を見ている。目をそらしたくなるくらい綺麗だったけれど、そらしたら、「本当の私」の臆病《おくびょう》さを見透かされる気がして、怖かった。私は、だいだいいろの色鉛筆を選んで、名前を書いた。アキラさんは、私の名前をちらりと見ただけで、すぐにこう言った。すごく、早かった。

「あなたは、人の話をよく聞くでしょう？」

「え？」

「とても、いい聞き手やと思います。」

「そうですか……？」

ちらと、きよちゃんを見ると、案の定、信じられない、という顔をしている。私はよく、「もう、また話聞いてないやろ」と、きよちゃんに怒られる。実際、ぼんやりしている間に話が終わっているときがあって、たびたび、聞き返すことがあるのだ。

「ただ、噂話《うわさばなし》を耳ざとく聞きつけるところもありますね。」

「はあ……。」

「内緒話とか、聞かれたくないなと思ってる話を、聞いてしまう。地獄耳というやつですね。」

それも、まったく経験がなかった。中学や高校のとき、誰と誰がお付き合いしているか、誰が誰と喧嘩しているか、一番知るのが遅かったのは私だったし、先生に何度も名前を呼ばれてからじゃないと気付かないものだから、一度、難聴ではないかと疑われたことさえある。

「あんまり、人の話に首をつっこむのはよくないですよ。さっきの方もそうですけど、大切なことと、そうでないことと、聞いていいことと悪いことの区別を、ちゃんとつけないと。」

ほっとしていたのに、また「さっきの方」と言われて、さつきちゃんは、はっとしたようだった。ラムネの歯が、ふふ、と震えて、やっぱり、そんなさつきちゃんが、おしゃべりなはずは、ないと思う。

「恋愛も、そうです。」

どきっとした。流れからいって、恋愛のことを言われるのは、分かっていたはずだけど、面と向かって「れんあい」と言われると、何か、とてもおこがましいことを聞いたような気になった。頭の中に、キャンディーみたいな避妊具が、ちらちらと浮かんだ。

「あなたも、当分ないですね。いいな、と思う人が現れても、その人のアラばかり探してしまうタイプです。いらないことを聞いてしまうのと、同じように。」

「……そうですか。」

「あまり、あれこれ相手のことを詮索《せんさく》しないほうがいいですよ。」

「……はあ。」

結局、私も散々だった。何を訊いても、とにかく「人のことに首をつっこまない」「噂話をやめる」などと言われ、しゅんとなってしまった。小学校の先生に怒られたときのような気分だった。

「もう、大丈夫ですか？　ごゆっくり。」

アキラさんがエプロンをつけて、厨房に入ってしまってからも、私たちは落ち込んでいた。いつまでたっても客は私たちだけしかいないので、占いの結果について、ここであれこれ話すと、アキラさんに聞かれそうだったし、レジには、あの怪しいおばさんが相変わらず、でんと居座っていた。

「行こか。」

きよちゃんの一言で、私たちはほっとして、席を立った。

「ありがとうございます！」

アキラさんが、厨房から出てきて、結局レジまで打った。おばさんがどかないので、アキラさんはレジを打ちにくそうだった。でも、何も言わなかった。レジを打ちながら、アキラさんは左手をおばさんの肩に置いていた。いたわりに満ちた仕草だった。

　本当に、このおばさんは、何だったのだろう。

　お会計は、本当に飲み物代と、千円だけだった。来る前は、あれほど安いと思っていたけれど、こう、悪いことばかり言われると、それでも高い、と思ってしまった。人間て、ゲンキンなものだ。

「がんばってくださいね。」

アキラさんがそう言って、綺麗な笑顔を見せてくれた。はあ、と、泣き笑いのような顔で、私たちは頭を下げた。


「散々やったなぁ。」

「ほんまやなぁ。」

「なあ、あたしっておしゃべり？」

「さつきちゃんが？　ぜんぜん！　どこがなん？　さつきちゃん、お母さんにもそない喋れへんやん。あの人、ぜんぜん当たらんやんな！」

「まこちゃんかって、耳ざとい、とか言われてたけどさ、ぜんぜんそんなことないやんか。」

「せやんな。うち、話聞きいやって、きよちゃんに怒られてるくらいやのにな。」

歩きながら、珍しく、私とさつきちゃんは熱くなった。

「きよちゃんかってさ、疑り深いとか言われてたけど、何なん、ぜんぜんそんなことないやん。」

「ほんまやわ。」

きよちゃんは、いつもとは違って、私とさつきちゃんの聞き役になっていた。相当落ち込んでいるのか、うん、うん、と、うなずくだけだ。

精進落としとしよう、と、スターバックスコーヒーに入った。

冷房の効いた店内で、冷たいものを飲んだので、体が冷えていた。

席を取るのはさつきちゃんは、私ときよちゃんに任せて、「抹茶ラテ、あったかいのんな！」と言い、レジに飲み物を注文するために並んだ。さつきちゃんは、「抹茶ラテ、あったかいのんな！」と言い、二階へ上がっていった。きっと良い席を取ってくれるのだろう。

私がカフェラテ、きよちゃんがタゾ・チャイを頼んで、ランプの下で待っていると、きよちゃんが、おもむろに口を開いた。

「なあ。さっきの占いなんやけど。」

さっきから、言葉少なきよちゃんをおかしいと思っていたけれど、よほど、何か思うところがあったのに違いない。私は、「聞いてない」と言われないように、しっかり、耳を傾けた。

「あの人な、うちらの、それぞれの顔の特徴で、適当に言うたんちゃうやろか。」

「え？」

店内には、コーヒーのいい匂いが流れていた。ランプの下では、私たち以外にふたりの人が、自分の飲み物を待っている。

「ほら、私が疑り深いのって、目、この、細長い目さ、それを見て言うたんやない？」

「そんな。」

きよちゃんの言っていることが、よく分からない。

「ほんでさ、さつきちゃんがおしゃべりやって言うたのんも、ほら、さつきちゃんって、」

きよちゃんは、さつきちゃんがそばにいないのに、声を小さくした。

「歯、出てるやん。ぴょこんって。あれが、おしゃべりに見えたんちゃうやろか。」

「えっ……。」

さつきちゃんの歯が出ていることは、私も十分分かっている。ただ、それをおしゃべりに結びつけたことはなかった。でも、それは、私がさつきちゃんのことを十分知っているからで、初対面の人がさつきちゃんを見たら、もしかしたら、おしゃべりだと思うのだろうか。私は、初めて会ったときのさつきちゃんと、きよちゃんの印象を思い出そうとしてみた。でも、思い出せなかった。じゃあ、どうして自分が、地獄耳だと言われたのかが、気になったからだ。

「ほな、私は……？」

恐る恐る訊くと、きよちゃんは、言いにくそうに、口をすぼめた。目をぎゅっと細めるものだから、ますます吊りあがり、それは確かに、少し、疑り深そうに、見えた！

「ほら、まこちゃん、耳が大きいやん。横にぴょんって、出てるっていうか。」

「え。」

私は、思わず自分の耳を触った。

確かに、大きいかもしれなかった。

髪の毛をおろしていても、必ず耳が出た。ニットキャップをかぶっても、耳が折れ曲がるのが痛くて、すぐに脱いでしまったし、髪の毛を梳《す》いていると、ブラシが当たってうっとうしい思いを、よくした。

「……まこちゃん、気ぃついてなかったん？」

きよちゃんが、ますます小さな声で、そう言った。私が呆然《ぼうぜん》としているから、驚いたのかもしれなかった。きよちゃんが申し訳なさそうなので、私は、

「ううん、ううん、気付いてたで。」

と言った。心臓が、どきどきいった。

「でもな、まこちゃん、顔小さく見えるやろ。」

「あ、ああ、耳が大きいもんな……。」

店員さんが、カフェラテのお客様、と言った「らし」かった。きよちゃんが、「まこちゃんのやで」と言ってくれるまで、やっぱり私は、気付かなかった。

さつきちゃんは、一番いい席に陣取っていた。窓際の、ソファ席だ。やっぱりさつきちゃんは、すごい。

階段を上がりながらのきよちゃんとの話し合いで、さつきちゃんには、きよちゃんの意見は言わないでおこう、ということになった。ラムネのような歯をさつきちゃんが気にしているのは知っていたし、私たちの中で、さつきちゃんが一番、傷つきやすいからだ。

私は私で、自分の耳の大きさを、生まれて初めて気にしていた。

でも、ガラスに映る自分のシルエットを見ていると、耳が確かにぴょこんと飛び出している。なんともいえない気持ちになって、あ、と、声をあげたくなった。

それにしても、もしも本当に、アキラさんが私たちの外見だけを見て、疑り深いだとか、おしゃべりだとか、耳ざとい、だとか言っていたのなら、馬鹿《ばか》らしい話だ。ぜんぜん占いになっていないし、とても失礼ではないか。それとも、きよちゃんの考えすぎなのか。

ちらりときよちゃんを見ると、きよちゃんはいつになく静かに、チャイをすすっている。

ふと、きよちゃんが疑り深いというのは、本当なのではないかと思った。そうだ、きよちゃんは私よりさつきちゃんより、自分の細い目を気にしているから、きっとそんな風に思ったのに、違いない。

さつきちゃんは、「チョコマフィンも頼んだらよかった」と言った。ラムネの歯が、抹茶ラテで濡《ぬ》れていた。

年に一度、チケット代の安い冬に、私たちは旅行に行くことにしている。

短大を卒業してから、毎年恒例のことだ。ちょこちょこ貯《た》めたアルバイト代や、親からもらったお小遣いで、去年は三泊で沖縄に行って、一昨年は三泊で鎌倉《かまくら》と東京へ、その前はたしか二泊で福岡に行った。家には、そのときに撮った写真が、今も整理できないままに置いてある。

今年もそろそろ時季やんな、と、うちに泊まっているときに、話が出た。

「どないする？　どこに行きたい？」

きよちゃんは、私の家に置いてある自分のパジャマを着ている。パジャマは水色のストライプで、ぱりっとしていて、きよちゃんによく似合っている。

「どこがええかなぁ。」

さつきちゃんは、私が貸したジャージとトレーナーを着ている。きよちゃんは、自分のパジャマじゃないと眠れないそうだけど、さつきちゃんは、何でも眠れるらしい。私が貸した毛糸の靴下も、自分のもののようにはいている。

もう、お母さんもお父さんも眠っていた。とはいっても、まだ十時。うちの就寝時間は早いのだ。妹が夜遅くまで電話しているのや、帰ってくるのが遅いのを、お母さんはよく怒っていた。好きなだけ夜更かしして、夜遊びして、夜電話をしたかったから、妹は、家を出たのかもしれない。

「北海道は？」

きよちゃんが言った。

「あ、北海道な。ええかもな。」

「旭山《あさひやま》動物園やんな。」

「ええやん、ええやん。」

さつきちゃんは、歯を磨いた後なのに、じゃがビーという新作のスナック菓子を食べている。じゃがいもの味がものすごい、と、さつきちゃんはこのお菓子を絶賛していて、最近それればかりだ。じゃぐ、じゃぐ、と音を立てて、さつきちゃんの前歯が、じゃがビーを砕いていく。

乗馬したい（きよちゃん）、海鮮丼《かいせんどん》が食べたい（さつきちゃん）、ウィンザーホテルが見たい（私）、ジンギスカンが食べたい（さつきちゃん）、生キャラメルが食べたい（さつきちゃん）、イクラが食べたい（さつきちゃん）などと盛り上がった。じゃあ北海道で、と、話がまとまりかけたとき、さつきちゃんが「あ！」と言った。

「何？」

「あのさ、うち、日光行きたい。」

「え？」

イクラだ、ウニだと、盛り上がっていたさつきちゃんが、急にそんなことを言うので、私もきよちゃんも面食らった。

「日光？　なんでなん？」

「北海道は？　あんなに盛り上がっといて。」

さつきちゃんは、じゃがビーを口にほおばりながら、目をきらきらさせている。

「日光東照宮！　あっこ行きたいねん！」

「なんで？」

日光東照宮のことは聞いたことがある。でも、北海道で乗馬、ジンギスカン、などと盛り上がっていたことに比べたら、あまりに地味な場所のような気がした。

「あんな、日光東照宮にな、陽明門ていう門があるやろ？　有名なやつ。」

「しらん。」

私がそう言うと、きよちゃんが、

「あれやろ？　なんかすごい彫刻してる門やろ？」

と言った。

「有名なん？」

「うん、日光東照宮の紹介写真やったら、たいがいあれが載ってるで。」

「へえ。ほんで、なんでさつきちゃんはそこ行きたいのん？」

「あのな、陽明門の前にな、写真屋さんがおるんやって。そこの辺りがな、日本で一番のパワースポットらしいで！」

「パワースポット？」

「そう。らしいで。テレビで言うててん！　日本で一番やで。」

「パワースポットやからって、どうなるん？」

きよちゃんが訊いた。私はそもそもパワースポットすら分からなかったけど、ここはとりあえず、ふたりの話を聞こうと思った。

「なんかな、そこお参りした人とか、そのパワースポットで深呼吸した人とかがな、帰ってきてから彼氏出来たり、結婚したりするんやって。」

「縁結びなん？」

思わず、私がそう言うと、さつきちゃんは、首を横に振った。

「東照宮自体はそんな効果ないらしいんやけど、でも、自分の願い事が叶《かな》うんやって。」

「そうなんや。」

さつきちゃんは、いつになくきらきらした目で、私たちに訴えてくる。

正直、そういう系には懲りていた。この前の占いのことだ。

パワースポットだか何だか知らないけれど、そこに行っただけで彼氏が出来たり、ましてや結婚出来たりするとは思えない。しかも、願い事がイコール彼氏、結婚、だなんて、なんだか情けない。

「なあ、いかへん？　東照宮。」

私がきよちゃんを見ると、きよちゃんは、目を細めてじっと、さつきちゃんを見ていた。それを見ていると、やっぱり、占いで言われたことを思い出してしまった。さつきちゃんは、散々なことを言われたのを、忘れてしまっているのだろうか。歯のことは内緒にしたから、気にしていないのかもしれない。

「うち、日本一のパワースポットは屋久杉かと思ってたわ。」

きよちゃんが、ぼそりと言った。

「屋久杉も、もちろんすごいらしいけど、日本一は東照宮の陽明門前やねんて！それに、東照宮だけやのうて、鬼怒川《きぬがわ》の温泉入ったり、草津の温泉入ったりできるやん。お肌つるつるになるで。うちら、旅行よう行ったけど、温泉行ったことなくない？」

こんな饒舌《じょうぜつ》で、積極的なさつきちゃんを、初めて見た。私は圧倒されて、思わず、

「温泉、ええな。」

と言ってしまった。言ってから、はっとしてきよちゃんを見ると、きよちゃんも、

「ええな、温泉。この時季、北海道は寒いやろうしな。」

と言った。

「福岡やっけ？　ホテルの大浴場入ったやんか。あんとき、楽しかったもんな。」

そういえばそうだった。温泉じゃなかったし、プールみたいな素っ気無い大浴場だったけれど、三人で足を伸ばして、大きなお風呂に入るのは、とても楽しかった。ちらりと、北海道でも温泉は入れるんじゃないかと思ったけれど、言わないでおいた。

「ほんなら、日光に決定な！」

「ええな、ええな。」

きよちゃんもさつきちゃんも、盛り上がっている。私もつられて盛り上がった。

「温泉入ろうな！」

「ほな、三人の生理がかぶってないときにしような。」

「うちら周期ほとんど一緒やから、大丈夫やろ。」

さつきちゃんは、結局、歯を磨かないで眠ってしまった。

きよちゃんは、左腕で顔を隠すように眠っていた。私は、その隣に横になった。

私たちの枕元《まくらもと》で、それぞれの生理の予定日が書かれたカレンダーが、ヒーターの風でめくられていた。ぱら、ぱら、というその音を聞いていると、私も眠くなって、眠った。

数日後、きよちゃんちに集合した。

パソコンはきよちゃんの家にしかないから、旅行の予約をするときは、きよちゃんがすることになっている。調べると、『鬼怒川・日光・草津めぐり三日間』というのが、一番良さそうだった。十一月の平日、新幹線代と宿代込みで、三万九千八百円だ。安い。

やっぱり、誰かひとりでも仕事をしていたら、こういうことは出来ない。私たちは改めて、自分たちの境遇の有難さを思った。

旅行に行く前日、我が家で事件があった。

夕食の麻婆豆腐《マーボー》に使う片栗粉がないので、私がお隣の鳥羽《とば》さんの家に少しだけもらいに行った。お茶碗《ちゃわん》に半分ほどの片栗粉と、どらやきをみっつもらって、私が帰

ってくると、お母さんが、

「まこちゃん。のぞみちゃんが、」

と、青い顔をして玄関までやってきた。

のぞみ、という、妹の名前を聞いただけで、私は何故か、ぴんときた。

「妊娠したんやって。」

それでも、その言葉を聞くと、足元からすうっと、体が冷たくなる気がした。

居間に行くと、お父さんが、眉間《みけん》に皺《しわ》を寄せて、考え事をしている。お父さんが怖い顔をすることとなんてなかったから、なんだか、とんでもなく不吉なことが起こったような気がした。

「産みたいらしいねん。」

それも、思っていた通りだった。すごく、喉が渇いた。ちらりとどらやきを見て、どうしてこんな粉っぽいものをもらったのかと、すごく後悔した。見ているだけで、吐きそうになる。

「あ、相手は？」

「学生らしいんよ。のぞみちゃんのひとつ上なだけやって。京都の学生なんやって。」

「京都やのに、どうやって会うん？」

思わず、馬鹿なことを訊いてしまった。

京都の学生だろうが、神戸の学生だろうが、コンパなんかで、いくらでも出会いがあるのだろう。特に、のぞみのような社交的な女の子には。

でも、お母さんも動揺しているのか、

「せやんな、せやんな。あの子大学大阪やのに。」

と言った。私は、自分から言い出しておいて、

「そんなん、今はコンパとか、なんぼでも出会いがあるんよ。」

と言った。どらやきと片栗粉をテーブルに置いた。その音で、お父さんがはっとした顔をして、こちらを見た。

「結婚したいそうや。」

お父さんは、私の目を見てそう言った。私に言われても知らんよ、喉まで出かかったけれど、私はふふ、と、笑っただけだった。

それでも、結局私たちは麻婆豆腐を食べ、私とお母さんはいつものように、一緒に食器を洗った。

とにかく、のぞみを一旦《いったん》帰って来させる。ということに落ち着いて、それからは、

誰もその話をしなかった。麻婆豆腐の味付けは濃すぎたか、と、お母さんが言い、私は、明日から行く日光の話をした。お父さんは、どの話にも相槌《あいづち》を打つばかりだった。

片付けを終えてから、自分の部屋へあがった。

迷わず、卒業アルバムを開いた。避妊具は、キャンディーみたいなピンク色をしている。じっと見ていると、わけがわからなくなって、本当のキャンディーみたいに見えた。無理にはさんであるから、さつきちゃんのクラスに、押し花みたいに、避妊具の型がついてしまった。

「さつきちゃん、こんなんして、ごめんな。」

そう言うと、鼻の奥がつん、とした。

十五歳のさつきちゃんは、アルバムの中で、恥ずかしそうに笑っている。ころりと突き出した歯も、赤くなった頬《ほお》も、今よりうんと若い頃のものだ。

私たちは、二十五歳。のぞみは、二十一歳だ。

「二十七番線のぞみ到着いたします。」

私たちが乗るのは、早朝のこだまだ。

ほとんど大阪の最南端に住んでいるから、新大阪まで来るのに、一時間くらいかかる。朝、携帯電話で起こし合って、最寄の駅で待ち合わせをした。

きよちゃんは旅行に行くとき、いつも軽装だ。かばんもコンパクトなものが多い。でも、さつきちゃんより私より、きちんと必要な物を持ってきているから、いちいち感心してしまう。

ごはんは食べてこないようにしようと、約束しておいた。駅弁を食べるのも、旅の、特に新幹線の醍醐味《だいごみ》なのだ。さつきちゃんは「欲張り中華弁当」、私は「天むす弁当」、きよちゃんは「二十一世紀出陣弁当」という幕の内を買った。さつきちゃんは、お弁当を食べ終わった後も、車内販売でじゃがビーを売っていることに感動して、ふたつ買った。食べさせてもらったら、本当に美味しかった。

こだまは、とても空《す》いていた。席を向かい合わせに出来たし、もしかしたら、車両ひとつぶんくらい貸切なんじゃないかと思えるくらいだった。

天気がいい。そういえば、私たちはいつも天気に恵まれる。晴れ女かは分からないけれど、少なくとも雨女はいない。

JR岐阜羽島駅に着いた。

途中さつきちゃんだけ熟睡したけど、興奮したきよちゃんは、喋り通しだった。

そして、

「四捨五入したら、もう着いたと一緒やな。やったわ。」

と言った。それを聞いて、改めて、旅行に来たのだ！ と思った。嬉しかった。

岐阜羽島駅からは、バスに乗って鬼怒川まで行く。

バスの中でも、さつきちゃんは駅で買ったきのこの山や、グミを食べた。きよちゃんは車窓の景色を撮るのに夢中になっていた。私と違って、きよちゃんはいつも撮った写真をすぐにプリントして、「旅の思い出」と書いたアルバムにしている。中を見ると、切符や拾った葉っぱなんかもはさんであって、実際の旅よりも、素敵に見えたりする。

「あ、見て。」

きよちゃんが指差す先に、滝が見えた。滝は、真っ白くて、ぼうぼうと膨らんで、でも、川に落ちた後は、しんと静かな深緑色になった。

「きよちゃん、海は青いのに、なんで川は緑やのん？」

さつきちゃんが訊いた。さつきちゃんは、きよちゃんが何でも知っていると思っているところがある。

「あれやろ、海は青くなる成分が入ってんねん確か。ほんで、川はあれちゃう？

川底の苔《こけ》を反射してるんちゃうかな。」

「へえ！　苔の！」

きよちゃんは、いつもさつきちゃんを感心させてしまう。

鬼怒川は、昔ながらの温泉街、という感じだった。皆で、白い息を見せ合った。

今回はさつきちゃんの言うことを聞いて本当によかった、と思った。

宿は、鬼怒川セントラルホテルというところだった。

ツアーに組み込まれているので、どんなところかどきどきしていたら、とても立派なホテルだった。部屋は鬼怒川沿いで、周辺を散策するのにちょうどいいし、浴衣が選べるのも、嬉しかった。

きよちゃんは濃紺の浴衣、さつきちゃんはクリーム色の浴衣、私は赤の浴衣を選んだ。

浴衣を着たのなんて、短大のとき以来だから、三人で鏡の前に立って、はしゃいだ。

「さつきちゃんは色白いから、そういう淡い色が似合うわ。」

「まこちゃんも、水色、とか、赤、とか、ぱきっとした色が似合うよな。」

「きよちゃんはそういう古風なやつがええな。わかってるわ、自分のこと。」

ひとしきり褒めあうと、とても綺麗な女の子になれたような気がした。

お風呂に入るために、髪の毛をポニーテールにした。

鏡で見ると、どうも、耳が目立つ。髪をあまり結んだことがないのは、もしかしたら、耳のことを気にしていたのかもしれない。自分では、意識はしていなかったけど、やっぱり、すごく大きい。

耳たぶに触ると、ひんやりと冷たかった。耳たぶに触っていると、いつも落ち着いた。やけどをしなくても、ピアスの穴がなくっても、私は、よく耳たぶに触った。私の耳たぶは、分厚くて、ぷるぷるとしていて、気持ちがいいのだ。

耳ざとい、という言葉を思い出して、自分の耳がかわいそうになった。こんな立派な耳なのに、人の話をきちんと聞いていない私は、だめな人間なのだろうか。のぞみの耳はどんなだっただろう。思い出せない。でも、小さくても、ぷるぷるじゃなくても、あの子なら、上手に話を聞いたり、相槌を打ったり、ふたりきりで、にっこりと笑えたりするのだろう。

気がつくと、耳たぶをぎゅうっと、つまんでいた。

「まこちゃん！　行こ！」

きよちゃんの声で、我に返った。赤くなった耳を、ほら、と、きよちゃんに見せたら、きよちゃんは、

「うん。」

と言った。

生死に関わることやない、そう呟いて、きよちゃんの後に続いた。

お風呂は、信じられないくらい広かった。浴室内に、大きな楕円形の湯船があって、その周りには少し小さめの楕円のお風呂がふたつと、四角い檜《ひのき》風呂もあった。

『露天風呂』

という矢印を辿《たど》って階段を下りると、曇りガラスの扉があり、開けると、川を見下ろした岩の露天風呂だった。

「な、だからよかったやろ?」

わあ、と歓声をあげた私たちに、さつきちゃんが嬉しそうにそう言った。

お湯に足をつけると、ぶわっと全身に鳥肌が立つ。

体を完全にお湯につけて、治まるのを待った。腕や足に気泡がたくさんついていて、小さな頃から、それを撫《な》でて、しゅわーっと泡が消えていくのを見るのが、好きだった。

「気持ちええなぁ。」

さつきちゃんが、そう言うと、

「せやな。大きいホテルやから、循環やと思うけど。」

と、きよちゃんが言った。さつきちゃんが「循環って？」と訊いたから、きよちゃんが「循環」と「かけ流し」の説明を始めた。

私は、ふたりから少し離れて、よしずの間から、川を見下ろした。

川は、広くて、ゆったりとしている。ふわあ、と、あくびでもしていそうだった。さっきバスの中で見た、ぼうぼうと白い滝も、この川と同じなのだと思うと、なんだか変な気分だった。数羽の鴨《かも》が泳いでいる。少し流れに逆らって上り、そのまま、さーっと流されて下りてくる。それを何度も繰り返すので、遊んでいるみたいに見えた。


夕食は、大きな食堂のような場所で食べた。

席へ行くと、すでにお膳《ぜん》が用意されている。透明のお皿に氷が盛られていて、その上にお刺身、桃色のお椀《わん》の中には、海老《えび》の餡《あん》をかけたお団子のようなもの（ひりょうず、というのだときよちゃんが教えてくれた）、とろろと、てんぷらと、牛肉のステーキまであった。

私たちは、誰もお酒を呑めない。なので、オレンジジュースとウーロン茶をそれぞれ頼んで、乾杯した。お酒を呑《の》んだときみたいに、皆で、「くーっ」と言い合った。

「さつきちゃん、さっき体重はかってたやろ。」

「いや、見てたん？　せやねん。また増えとったわー。」

「だってさつきちゃん、新幹線の中でも、バスの中でも、食べてるか寝てるかやったやん！」

「だって、なんか旅って興奮するんやもん。」

「え、興奮するから寝て食べてするん？」

「うん。」

「普通、興奮したら眠られへんのちゃうん？」

「ちゃうねん。なんか心臓がどきどきいうてな、しんどなってくんねん。ほんでいつも食べてるお菓子とか食べたら、安心するねん。」

「変なのー。だからきのこの山とか食べてたん？」

「うん。」

「普通、その土地にしかないもんとか食べるのに！」

「そんなんしたら、もっと興奮してしもて、どんどんしんどなるわ。」

「変なのー！」

私ときよちゃんは、あはは、と笑った。つられて、さつきちゃんも笑った。オレンジジュースにもウーロン茶にも、もちろんお酒は入っていないのに、私たちは酔っているみたいだった。


部屋に戻ると、お布団が敷いてあった。歓声をあげて、飛び込むと、信じられないほどふかふかで、お香のいい匂いがした。

「あああ、最高やわ〜。」

きよちゃんが、感極まった声で、そう漏らした。普段、家の用事全般をやっているきよちゃんだからこそ、言える一言だ、と思った。

「ほんまや、最高やわ〜。」

でも、寝てばかりのさつきちゃんも、そう言った。本当に最高だった。私たちはしばらく、大の字になって天井を見ていた。お腹がいっぱいだし、布団もふかふかだし、思わずうとうとしてしまいそうだった。

「あかん！　寝てまうわ！」

きよちゃんが、そう叫んで飛び起きた。

「まだ七時半やで？　起きとかなもったいないやん！」

すでにうとうとしているさつきちゃんの頭をぱちん、と叩いて、きよちゃんは、布団の上で伸びをした。私も、伸びをした。さつきちゃんは、うんうんうなっていたけれど、やっとのことで、上半身を起こした。

「テレビつけよ、テレビ。」

「せやな。」

さつきちゃんが、ずるずると這《は》うようにして、リモコンを取りに行った。きよちゃんは、お茶を煎《い》れる準備をしている。手持ち無沙汰《ぶさた》になった私は、枕を持って、足を開き、壁にもたれた。

「これ、電源どこやろ？　まこちゃん。」

「ん？　ふつうは、赤いボタンやろ。」

さつきちゃんがボタンを押すと、ニュース番組がうつった。黒々とした髪の毛の、真面目そうな男の人が、火事で倒壊した建物のことを伝えている。

「これ何チャンやろ？」

「NHKちゃうん。2チャン?」

「大阪とちゃうんと違う?」

「ほんまやな。ちょっと変えてみてや。」

さつきちゃんが、リモコンをテレビに向けたとき、画面に、よく知った顔がうつった。

「次のニュースです。」

と、男の人が言っている。

「あれ?」

私だけじゃないようだった。みんな、画面を見て、動きをぴたりと止めた。アナウンサーの後ろに、綺麗な女の人の顔写真がうつっている。

「この人。」

よく知っている、でも、誰だったか分からない人が、画面の中で、『殺人の容疑で逮捕』されていた。

「あ。」

きよちゃんが、声を出した。お茶を注《つ》ぐ手を、止めた。

「アキラさん。」

「え？」

「アキラさんやん、あの、占いの。」

そうだった。

短い髪、切れ長の綺麗な目は、間違いなく、アキラさんだった。一度しか会ってないのに、とてもよく知っていると思うのは、きっとあのとき、アキラさんが驚くほどまっすぐに、私たちの顔を見たからだろう。

「え、え、なんでなん？ 殺人？」

画面には、レジに座っていた、あのおばさんがうつった。耳たぶにかみついた蛇のイヤリング、水晶玉のように大きな白いお団子頭、色とりどりのネックレス。

「あのおばさんを、殺したん？」

『大阪市中央区の飲食店店主、坂藤真奈美《ばんどうまなみ》さんが殺害された事件で、飲食店従業員夏目明子《なつめあきこ》容疑者三十三歳を殺人容疑で逮捕、夏目容疑者は、容疑を認めています。』

画面には、私たちが行った、あの喫茶店の映像がうつった。入り口には黄色いテープが張られていて、カメラマンや警察の人が周りを囲んでいる。

「アキラさん……。明子っていうんや……。」

きよちゃんが、ぼんやりとそう言う。

『ええ、なんか、おふたり内縁関係というんですか。そういう、関係？ やったみたいですよ。』

『よくね、夜喧嘩しているような声が聞こえてきましたよ、ぎゃー、みたいなね。』

「内縁関係て。」

きよちゃんが、また呟いた。

『夏目明子容疑者は、八日未明、坂藤さんが自分に別れを迫ったので、口論になり、かっとなって刺した、と供述しています。』

私たちはお茶を飲みながら、ニュースを見続けた。こんなときでも、きよちゃんが煎れてくれたお茶は美味しかった。

空が真っ白だ。

曇っているのでもないし、霧がかかっているのでもない。ただ、空の色が、骨みたいに、真っ白だった。大阪でも、こんな日はあるのかもしれない、と思ったけれど、普段、じっくり空なんて見ることはなかった。

自分の体が震えていることに気付いて、目が覚めた。

「きよちゃん！」

怖くなって、きよちゃんを呼んだ。

「うわ、びっくりした、何よ、まこちゃん。」

「きよちゃん、起きてる?」

恥ずかしくて、そう言った。

「起きてるよ、もう、朝風呂も入ってきたんやから。」

「さつきちゃんは?」

「寝てる。さつきちゃん、昨日も歯磨いてへんねんで、あかん子や。」

ふたりがいて良かったと、思った。


バスで東照宮に向かった。

バスの中で、さつきちゃんはまた、お菓子を食べていた。そろそろ旅行の雰囲気に慣れてきてもいいのに、やっぱりカルビーのポテトチップスとか、トッポだとかだ。

東照宮は、境内に設置されている地図を見ただけでも、とても広い場所なのだと分かった。

有名な門はほんの一部で、広大な敷地の中に、いくつも建物がある。

「これ、全部回るのん一日かかるんちゃう？」

さつきちゃんが、ラムネの歯をチョコで汚しながら、そう言った。

「ゆっくり見てまわったらそうやなぁ。」

「でも、とりあえず、有名なとこは行こうや、あの、門。」

私が提案すると、さつきちゃんが、

「そうや！　パワースポットやねんから！」

と、力強くうなずいた。

昨晩の出来事で、すっかりパワースポットのことなど忘れていた。そういえば、有名な門の前が、日本で一番すごい場所だとかなんとか、さつきちゃんが言っていた。だから、北海道をやめて、私たちはここに来たのだ。

そんな出来事を忘れるくらい、この旅行はすっきりと私たちになじんでいた。最初から来たかった場所のようにも感じた。もしかしたら、それこそが、パワースポットの何とかなのかもしれない。

「ほな、陽明門に行こうか。」

きよちゃんが、パンフレットを開いて、歩き出した。その門は、陽明門というらしい。さつきちゃんは、子犬が母犬について歩くように、きよちゃんに従った。そして、境内でお菓子を食べるのは失礼だから、と、きよちゃんに言われて、かばんに大切そうにしまった。

私も、きよちゃんの歩き方や佇《たたず》まいを見ていると、厳かな気持ちになってきた。パワースポットなんて信じる気持ちはなかったけれど、何か、自分にとてもとても良いことをしているような気持ちになった。

広い参道を、歩いた。参道は坂になっていて、砂利が敷いてある。前、ふたりが褒めてくれた水色の靴は、まだぴかぴか光って綺麗だった。長く歩くのには向いていないかも、と思ったけれど、どうしても履いてきたかったのだ。

今日の空は白いから、空より、うんと空らしかった。

天気がよかった。

大阪を出るときは、空気がもっと、濃かった。うっとうしいと感じるほどだった。でも、ここは、きちんと、吸うためにある空気で充満しているみたいだ。

一の鳥居を抜け、表門を入る。左前方に、陽明門が見えるはずだった。

「あ、この神厩舎《しんきゅうしゃ》いうのんも、有名やで。見ざる、言わざる、聞かざる。」

「あ、知ってるそれ。」

思わず声を出した。何だったら、その陽明門よりも、その猿たちのほうをよく知っているくらいだ。

「あ、これこれ。」

きよちゃんが、指差した先に、猿がいた。思ったより小さい、だから可愛らしい、有名な猿の彫刻が、私たちを見下ろしている。「見ざる、言わざる、聞かざる」の三匹の猿だけだと思っていたけど、この彫刻はひとつのストーリーになっているようで、たくさんの猿がいた。

「写真撮ろう、写真。」

きよちゃんが、デジタルカメラを取り出した。私とさつきちゃんも、それぞれカメラを出した。

「どうする？　ちょうど三人やし、猿のポーズせーへん？」

「えー、恥ずかしいなぁ。」

「ええやん、絶対みんなやってはるって！」

さつきちゃんは、パワースポットに近づいているからか、随分と大胆だ。でも、性格からして、写真を撮ってください、と人に頼むのは、結局私か、きよちゃんになるに決まっている。

と思っていたら、驚いたことに、さつきちゃんが、道行く人、しかもカップルに、

「すいません、写真撮ってください。」

と、頼んでいた。パワースポットの力は、すごい！

カップルは、快く引き受けてくれた。

「いきますね、はい、チーズ！」

きよちゃんのカメラは、私が目を、きよちゃんが口を、さつきちゃんが耳を隠した。恥ずかしかったけれど、道行く人も、カップルも、そうするのが当然のことだ、というみたいに、普通だった。

「じゃあ、次いきますね。はい、チーズ。」

私のカメラでは、位置を変えて、私が口を、きよちゃんが耳を、さつきちゃんが目を隠した。

「ええと、ちょっと巻きますね。はい、いきます、チーズ。」

さつきちゃんのカメラでは、私が耳を、きよちゃんが目を、さつきちゃんが口を隠した。

ありがとうございます、とお礼を言うと、カップルも、嬉しそうに笑ってくれた。

それぞれのカメラを受け取った後、きよちゃんが急に、笑い出した。

「え、何？」

きよちゃんは、いつまでも笑っていて、なかなか理由を教えてくれなかった。さつきちゃんがきよちゃんの背中を、何故かばんばん叩いて、やっと笑いやんだときには、目に涙を溜《た》めていた。

「さっきの、見ざる、言わざる、聞かざるさ、」

「うん。」

「うちらのことやん。」

「え？」

またきょとんとした私たちに、きよちゃんは笑って、説明してくれた。

「さつきちゃんは歯隠したやろ、うちが目隠して、まこちゃんが耳隠して、さ、それって、自分らのあかんとこ隠してるやん！」

あ、と思った。

きよちゃん、あかん、とも、思った。

占いで言われた私たちの欠点のことは、さつきちゃんには知らせないでおこうと、決めていたのに。でも、さつきちゃんまで、あは、と笑った。

「ほんまや！　うちは歯隠して、きよちゃんが目ぇ隠して、まこちゃんが耳！　あはは。」

　びっくりした。そのまま笑い続けるさつきちゃんを見て、私もつられて笑った。

「地獄耳、疑り深い目、おしゃべりな口、やって！」

　きよちゃんは、まだ笑っている。何がおかしいのか、実はいまいち分からなかったけれど、私も笑った。そして、さつきちゃんに、

「意味、分かる？」

　と訊いた。さつきちゃんは、

「意味、分かる。」

　と答えた。そして、

「あの占い、ぜんぜん当たってへんかったわ！」

　と言った。また、びっくりした。

　陽明門の前で、私たちは深呼吸をした。すう、と吸えば吸うほど、いい「気」が入ってくるのだと、さつきちゃんが教えてくれた。

そして、願い事をした。私は、

「いつまでも、三人で仲良く、いられますように。」

と、祈った。祈ってから、わざわざお願いをしなくても、私たちはずっと仲良しだ、と思い出した。


私たちは、眠り猫を見て、鳴龍を見て、そして、三猿のお守りを買った。

また、バスで草津に移動する。

バスの中で、眠っているさつきちゃんときよちゃんを見ていた。さつきちゃんの歯は、ぴかぴかと、光っている。


「なあ、うちの妹な。」

「うん。のぞみちゃん。」

「妊娠してん。」

みんなが、どんな反応をするのか、どきどきしていた。私よりショックを感じて、そんなんあかん、とか、信じられへん、とか、言うのだろうと思った。

でも、きよちゃんも、さつきちゃんも、

「ほんまにー。」

と、少し驚いた顔をしただけだった。

「ほんなら、さっきの門のとこで、丈夫な赤ちゃん生まれますように、て、お祈りしたらよかった。」

さつきちゃんが、そう言ったので、私は泣いた。

「いや、何泣いてんのん、まこちゃん。」

きよちゃんが、かばんの中からハンカチを出して、渡してくれた。きよちゃんのパジャマみたいな、青いストライプ、とても清潔で、頼もしかった。

「ありがとう。」

お礼を言うと、きよちゃんが、

「お礼を言うのは、こっちのほうやで。」

と言った。きよちゃんも、泣いているみたいだった。どうしてか分からないけれど、私は、きよちゃんの肩に手を置いて、うなずいた。

生死に関わるわけじゃないけれど、私は、生きてる、と思った。

バスは進む。きよちゃんが、

「四捨五入したら、もう、終わったと同じやな。」

と言う。

「でも、残念やなあ。」

きよちゃんは初めて、四捨五入を悔やんだ。アキラさんの占いは、ちっとも当たっていなかった。そして、アキラさんは、好きな人を殺した。

さつきちゃんが、隣で寝息をたてている。ラムネの歯が、ふるふる、と揺れて、光って、綺麗だ。

白い滝は、ぼうぼうと膨らんで、川に落ちる。それからしんと、静かになる。きちんと、川に帰る。

私のポケットには、アルバムにはさんでいた、避妊具が入っている。それをこっそり取り出して、バスの、背もたれと座る部分の間にはさんだ。背中が、なんとなくもぞもぞしたけれど、私は座り続けた。そしたら、いつの間にか眠っていた。

夢を見た。

猿だ。どんなだったか、覚えていないけれど、もちろん、とても楽しそうな、三匹の猿の夢だった。

泣く女

蟹田《かにた》に近づく頃《ころ》には、雨脚が強くなっていた。

横殴りの雨が、電車の窓を叩《たた》く。ノリオは舌打ちをして、曇った窓を覗《のぞ》いた。

空は薄暗く、すぐ近くに小さな山が連なっている。なんというか、景色に抜けが無い。

右を見ると、通路を挟んだ四人掛けの席で、堀田《ほった》が同じように窓の外を見ている。ジーンズと靴の間から見える足首は細く、その足でよくあんなに速く走れるな、と思う。堀田はファーストで一番打者。足が速く、背が低い。ノリオと並ぶと、頭一つ分ほど違う。

ノリオは自分の足を見る。裸足《はだし》の足の裏は黒く汚れ、つぶれた肉刺《まめ》がたくさんある。ピッチャーのノリオはどっしりとした下半身をしている。手よりも足の方に肉刺が多いのは、重心のかけ方が少しおかしいのだ。監督に何度も注意されたが、結局直らなかった。

県大会の決勝まで行き、堀田とノリオの夏は終わった。

ノリオには推薦の話が来ており、そのまま進学して野球を続けるつもりだった。推薦は来ていないようだったが、堀田も当然野球を続けるものと思っていた。だが違った。

県大会が終わった後、今後どうするのだ、と聞いたノリオに、堀田はこう言った。

「小説家になる。」

信じられなかった。堀田とは小学校からの付き合いだ。本が好きで、よく読んでいることは知っていたが、まさかそんなことを堀田が言いだすとは、思いもしなかった。

「お前本気か。」

「うん。決勝で負けて、決心したわ。俺《おれ》、野球もめっちゃ好きやけど、やっぱり小説家になりたいねん。太宰みたいな、小説家。」

小学校の頃は、ふたりとも野球選手を志していた。中学のときも、そうだったはずだ。野球選手と小説家では、あまりにも畑が違いすぎる。変わった奴《やつ》とは思っていたが、ここまでとは思わなかった。

今回の旅行もそうだ。夏の思い出に、ふたりで旅行に行こう、と言いだしたのはノリオだが、青森に行きたいと言ったのは堀田、それも、尊敬する太宰治の軌跡を辿《たど》るためだという。興ざめである。

ノリオは東京に行きたかった。表参道や六本木を歩いて、東京の女の子に会ってみたかった。ふたりの住む和歌山の小さな町にはいない、お洒落《しゃれ》な女の子がいるのだろう。

　ノリオはよくモテた。

　ふたりで、初めてのナンパもしてみたかったし、出来ることなら、お酒も呑《の》んでみたかった。それが青森、それも、山と海しか見えないローカル線、自分たち以外には、爺《じい》さんがひとり乗っているだけだ。

「おい。おいノリオ、起きろ。」

　堀田に体を揺さぶられ、目を覚ますと、一時間前と変わらない景色の中にいた。ただ、小さな駅に着いたようだ。白い看板、蟹田と書いてある。人は見えない。

「ここで乗り換えや。」

　堀田は嬉《うれ》しそうである。堀田のリュックの中には、『津軽』という太宰治の小説が入っている。長らく故郷を離れていた太宰が、再び津軽を訪れた際の紀行文だ。元々青森行きに乗り気でなかったノリオは、ガイドブックを持ってきていなかったが、堀田も持ってきていなかった。どうするのだ、と問うたノリオに、堀田は『津軽』を見せたのである。

「この小説を読みながら移動するんや。」

　堀田の目は、キラキラと光っていた。

　昨日は、金木《かなぎ》という街に行った。太宰の生家がある。金木も田舎だったが、まだ、街らしいところではあった。生家に近づくにつれ、堀田が興奮していることが分かり、ノリオは度々、はしゃぐな、と、堀田を戒めた。

　太宰の生家は、とても大きかった。堀田は感極まった様子で、家のあちこちを見た。ノリオはノリオで、教科書に載っているような人物の生家に来たことが、なかなか感慨深く、柱などを触ったりしてみたが、堀田は、

「阿呆《あほ》、べたべた触ったりしたらあかん。観光客みたいやんけ。」

　と言った。

「観光客みたいって、俺ら完全に観光客やんけ。ほんまはお前が触りたいんちゃうんけ。ほら、そこの柱も、太宰が触ったかもしれんぞ。小説家になりたい、てお祈りかなんかしたらええんとちゃうのんか。」

「しっ、しーっ、声が大きいノリオ。恥ずかしいやろ。」

　どっちがじゃ、と思いながら、堀田の度々の変な自意識を、ノリオはあきらめたように受け入れている。

　先ほどもそうだ。嫌々ながらも、せっかく津軽に来たのだから、と『津軽』を貸してくれ、と言ったノリオに、堀田は、

「阿呆、ここで『津軽』広げるなや、太宰好きで来たってバレるやんけ。」

と言った。

「バレてもええやろが、好きなんやから。」

「阿呆か、恥ずかしいやんけ。」

「お前のその自意識まじで訳わからんわ。」

「太宰から学んだんや。」

「知らんがな。あー俺は東京に行きたかった！」

「絶対思い出になるって、東京より青森のほうが、俺らの、いい思い出になるって！」

堀田は子供のように、口から泡を飛ばす。

蟹田の駅からまた電車に乗るのだが、三十分後だ。とにかく蟹田の駅には何もない。だが、堀田は何もない景色を見ながらも、興奮している。

雨が強い。折りたたみの傘を広げるのも面倒で、ふたりは待合室まで走った。

「太宰の幼馴染《おさななじみ》のN君いう人が住んでたらしいねん、この街には。」

堀田が、小声でノリオに耳打ちする。

「街って、どこが街やねん。山以外何も無いやんけ。ほんでN君て誰《だれ》じゃ。」

「N君って、中村貞次郎さんいう人。」

「知らんがな。」

待合室のベンチに座っていると、堀田が線路沿いの花を指差した。

「あ、あれリンドウかな。夏やからちがうか。可愛《かわい》らしなぁ。」

堀田にはそういうところがある。電車で太宰の小説を広げることを恥と思うのに、高校三年生の男子が花を愛《め》で、可愛い、などと言うことは、ちっとも恥ずかしいとは思わないのだ。

「お前、やめろや。」

「なんでや、可愛らしいやんけ。」

「太宰読むよりよっぽどはずいわ。」

「しーっ、声がでかい！　駅員さんに聞かれるやろ。」

やれんわ、そう思いながら、ノリオはベンチに横になる。太宰の軌跡を訪ねてきた、と駅員に分かってもらったほうがいい。そうでなければ、何を好きこのんで高校生の男ふたりがこんな田舎まで来るのか、かえって疑われる。今頃は本当は、原宿で買い物をしていたはずだ。もしかしたら、女の子と一緒に。ノリオはため息をつく。

「ほんで？　次どこ行くねんな？」

「三厩《みんまや》いうところに行くねん。そっから、竜飛《たつび》岬まで。」

竜飛岬は本州の北端だ。この雨の中、岬に行ってどうする、と思ったが、堀田の高揚は誰にも止められない。

「ほう、あれが観瀾山《かんらんざん》か……。あっこに太宰も登ったんやで。」

待合室からきょろきょろと周囲を見回している。ちっともじっとしないのだ。

堀田がこのようにはしゃいだ姿を見せるのは、ノリオだけであった。

堀田は小学校四年生のときに、ノリオの所属する地域の野球チームに入ってきた。

堀田はそのときから小さな体で、今よりもっと細かった。人より体格の大きかったノリオは、どこかで堀田を心配しているところがあったが、堀田は、人の二倍、三倍も練習に励む選手だった。皆が面倒くさがる用具の手入れなども率先してやったし、練習終わりに水道の水を飲むのも、皆が飲み終わるのを待ってから口をつけた。いい奴だな、と思った。

ノリオから声をかけたのだろう。いつからかふたりで帰るようになり、いつの間にか堀田は、皆に見せない姿を、ノリオだけに見せるようになった。統率力があり、さっぱりしたノリオのことを、堀田も好きだったのだ。

チームの皆の前では、誰かに話しかけられない限り、決して軽口をたたいたりしない堀田だったが、ノリオの前ではふざけてみせ、度々ノリオを噴き出させた。ノリオは堀田の面白さを、皆に伝えたかったが、堀田はそれを嫌がった。

「三人以上になると、俺気ぃ使ってまうねん。」

堀田は、変な奴だった。

中学に入ってしばらくしたある日、堀田が興奮した面持ちで、ノリオのクラスにやってきた。物静かで端整な顔立ちの堀田は、女子生徒に密《ひそ》かに人気があった。女子の甘やかな視線を、いつもなら恥ずかしそうに避ける堀田だったが、その日は違った。ずかずかと教室を横切り、まっすぐノリオの席にやってきた。

「すごいもんに出会ってしもた。」

そう言って差し出したのが、太宰治の『人間失格』だった。

あのときのキラキラした堀田の目を、ノリオは忘れない。

ちらりと堀田を見ると、堀田は嬉しそうに、手帳に何か書きつけている。真っ赤なノートだ。女みたいなもん使いやがって。改めて堀田の自意識の出所が分からない。

「あ、電車が来た。」

ノートをしまい、堀田はあのときと変わらぬ、キラキラした目でノリオを見る。

電車に乗ると、雨脚が弱まってきた。それでも、空はどんよりした灰色、変わらない景色、誰もいない客車。滅入《めい》る。唯一いた爺さんまで、蟹田で姿を消した。完全なふたりっきりだ。

「ほんまはな、昔はこの電車なんてなかったから、蟹田からはバスで三厩まで移動したそうや。ほんで、太宰とN君で、三厩から竜飛岬まで歩いたんやって。」

「太宰は竜飛岬にまで行っとんのか。」

「そうや。そこに旅館があって、泊まったんや。そんときのN君との会話が、めっちゃ面白いねん。」

「N君N君て、お前さっき中村なんとか言うてたやんけ。」

「N君て言うほうが風情あるやないか。」

「風情て何やねん。」

昨晩は、ビジネスホテルというものに泊まった。それはそれで興奮したし、プリペイドカードを買って、ペイチャンネルを見ようと誘ったが、堀田に止められた。

「やめようやノリオ、風情ないわ。」

「お前の風情の概念を教えてくれや。」

暑い最中《さなか》、堀田は首まで布団をかぶって寝た。合宿のときもそうであったが、堀田は直立不動の状態で眠る。寝返りを打たないし、鼾《いびき》もかかない。チームメイトから「出棺」と言われる眠り方である。堀田は両親もこうだから、と、訳の分からないことを真顔で言う。

一方ノリオは、なかなか寝付けなかった。修学旅行や合宿で友人たちと泊まったことはあったが、言うなれば子供だけで宿泊するのは初めてだったのだ。携帯を開き、

『今青森のビジネスホテル、隣で堀田が寝ています。』

とメールを打ったが、結局消去した。誰に送ることもないのだ。ノリオは夢を見たが、朝になったら忘れてしまった。

ペイチャンネルを、見たかった。

四十分ほど変わらぬ景色の中進むと、三厩に着いた。蟹田と変わらず、何も無い駅だ。だが案の定、堀田は興奮している。太宰が捨てていった何かがあるかのように、ゴミ箱を覗いたりしている。

「ええと、こっから竜飛岬って、どうやって行くんやろ。」

「お前、見てる限りタクシーとか一生来んような場所やぞ。」

「とりあえず改札を出よう。」

改札を出ると、何故《なぜ》かここが目指すゴールのように思われた。数時間も持っていた切符を手放したからだろう。何かから解放されたような気分で、ノリオはリュックを背負い直した。雨は、まだ降っている。

「あ、バスや。」

駅を出ると、すぐに大きなバスが停《と》まっていた。竜飛岬行きである。ガイドブックも持っていないし、このバスが無ければ、どうしていたのだろう、と、ノリオは呆《あき》れた面持ちで堀田を見る。

午前中に出発したのに、一時を過ぎていた。蟹田か三厩で昼ごはんを食べよう、などと言っていたが、ファーストフード店どころか、コンビニも見つからなかった。

「おい堀田、俺腹減ったんやけど。」

「ほんまけ？　俺もやー。」

何をはしゃいどるねん、ノリオは呑気《のんき》な堀田を憎く思う。ホテルで朝ごはんを食べたが、あんなものでは足りない。牛丼《ぎゅうどん》やラーメンを思い出し、ノリオはぐうぐう鳴る胃袋を抑えることが出来なかった。

ふたり乗りこむと、初老の男性がひとり前のほうの席に座っていた。帽子を深くかぶり、居眠りをしている。こんな雨の中、竜飛岬などに行って何をしようというのだ。自分たちのことを棚にあげて、ノリオは男性の境遇を思った。

運転手に金を払い、ふたりは一番後ろの席へ行った。堀田は右、ノリオは左。ふたりでいるときは、いつもそうだった。いつからか、お互い以外でも、この位置でないと気持ちが悪くなった。

初めて出来た彼女にも、ノリオは右側《がわ》を歩かせた。吹奏楽部の横溝《よこみぞ》だ。色が白く、透明感があった。

二年生のある昼休み、中庭でホルンを吹いている横溝を見て、好きだ、と思った。何故か分からない。ノリオはそのとき、三人ほどの女子生徒から告白を受けていた。どの女子も可愛らしく、魅力的だったが、ノリオの胸を打たなかった。それどころか、俺じゃなくてもいいだろう、と、冷めた目で見ているようなところがあった。

横溝は違った。白くて細い指でホルンを吹いている横溝を見て、俺でないと駄目だ、と思った。あの女の子の隣にいるのは、俺でないと駄目だ。

人気者のノリオが、地味な横溝と付き合い始めたということで、高校中が騒ぎになったし、結果フラれることになった女子生徒たちは、お門違いに横溝やノリオを恨んだ。

ノリオは横溝のことを慮《おもんぱか》り、一緒に下校する際は、学校から離れたところで待ち合わせをし、遠回りをして帰った。横溝はほとんど話さなかったが、ノリオが言うことに、はにかむように笑った。その笑顔を見ていると、ノリオはやはり、好きだ、と思った。

「義経《ぎけい》寺や。」

堀田は、窓に貼《は》りつくように外を見ている。ノリオを振り返り、聞きもしないのに、

「ここにN君と太宰が来たんや。」

そう教えてきた。電車の中や駅では、静かにしろ、などと言っておいて、堀田の声はだいぶ大きくなっている。先に乗っていた初老の男性が、少しこちらを振り返るほどだ。

「なんや、降りたいんか。」

「ええ。ええ。ベタベタ足跡つけていくようなことはせん。太宰やったらきっと、そんな貧乏くさいこと嫌うはずや。」

ここまで何かに夢中になれる堀田を、ノリオは少し羨《うらや》ましく思った。しかも、も

うこの世にいない、歴史上の人物にだ。ノリオにとって太宰治は、ナポレオンや徳川家康と同じ、教科書に載っているだけの、ただただ、遠い人物なのだった。だから、堀田から、太宰がおよそ百年前に生まれた人だ、と聞いて、そんな最近の人物であったのかと、驚いた。

「せやろ。俺ももっと年取ってたら、太宰に会えたかもしれへんのや。」

堀田は、ほとんど恋をしているような顔つきでそう言った。

堀田は、彼女を作ったことも、誰かを好きだと言ったこともなかった。何人かに告白はされたらしいのだが、どれも逃げるように断っていた。

堀田は若くして、どこか老人や、または幼児の雰囲気をたたえていた。高校生なら誰しも持っている、ギラギラとした、発酵しかけた何かの匂《にお》いがなかった。そのためかどこか近寄りがたく、同級生たちは、堀田が唯一心を許しているノリオのことを、ますますもって尊敬するのだった。

そういえば、横溝のことが好きだ、と言ったノリオに、堀田は、

「横溝正史と親戚《しんせき》とかやないんかな。」

と言っただけだった。

「また雨強なったな。」

ノリオが言うと、堀田は呆《ほう》けたようにうなずく。景色に心奪われているのだ。

バスは海沿いの道を走った。

時代から取り残されているような風景だ。ぼろぼろの網、岸に繋《つな》がれた船、その後ろにある小屋、着物姿の漁夫が歩いていても、違和感が無い。同じ日本に、表参道や東京タワーのようなキラキラした場所があるのが、信じられない。この場所はこの場所だけで、独立して、ずっとここにあるのではないか。時代や時間に囚《とら》われず、ただずっとここに「ある」のだ。

波は白い飛沫《しぶき》をあげ、どこまでも黒い。空は低く、雨雲が海に落ちてしまいそうだ。

「すごいな。」

思わず、口に出した。堀田も、

「すごい。」

と言った。

「ここを、太宰が歩いたんや。」

太宰がそこをふらりと歩いていても、おかしくない。ノリオは、国語便覧で見た太宰の、憂えたような顔を思い出す。

三厩を出発してから、随分経《た》つ。竜飛岬という果てを目指しているのだが、先程から、もうずっと果てを走っているような気がする。三厩の駅でノリオが感じた達成感は、今はもうなかった。降りしきる雨と、この景色を見ていると、このままどこにもたどり着かないのではないか、と不安になる。

「あ！」

そのとき、堀田が声をあげた。指差した先に、『太宰治文学碑』が見える。バスはその前を通り過ぎ、大きく迂回《うかい》をして、海を望む坂を登りはじめた。

『次は終点、龍飛崎灯台です。』

女性の機械的な声が流れた。ごほん、と、初老の男性が咳《せ》き込むのが聞こえる。

「着いた。」

「着いたな。」

ノリオは腹が減って仕方がなかったが、とにかく目的地に着いたことが、かすかに嬉しかった。雨はやまない。

バスから降りると、海風が頬《ほお》を打った。夏なのに、やはりひんやりとしている。こんなことでは、真冬の岬は、どのようなことになるのだろうか。

「すごい。」

目の前に、「津軽海峡冬景色」の碑がある。それで竜飛岬を知っていたのか、とノリオは思う。ノリオの祖母が好きで、よく歌っていた。同じバスに乗っていた男は、一緒に降りたはずであるのに、いつの間にか姿を消していた。

「よし、太宰とN君が泊まってた旅館に行こう！　たぶん、さっきの文学碑のあたりや。」

ノリオは驚いた。

「さっきの文学碑って、あっこからバスでだいぶ登って来たぞ。」

「あ、あっこに地図ある！」

風雨の中、堀田は走り出す。横殴りの雨で、傘が役に立たない。ノリオは改めて空腹を覚えた。

「おい堀田、とりあえず腹減ったから飯食いたいんやけど、俺。」

「飯、飯なぁ。ここらへんに食堂みたいなんあるかなぁ。」

「絶対無いやろ。」

バス停の前に一軒の食堂があったが、閉まっていた。それ以外には、自販機以外何もない。ノリオは仕方なくそこまで歩き、自販機の中で一番カロリーの高そうなアイスミルクティーを買った。一口飲むと、はっとするような甘さが、空腹に滲《し》みる。

「ノリオ、階段国道いうのんがあるみたいや。それを下っていったら行ける！」

堀田がそう呼びかけてくる。あんなに大声を出す堀田を初めて見た。

「階段国道て何やねんな。」

「そのままや、階段が国道になってるんやて。日本で唯一らしいぞ。まあこれは、太宰のときには無かったやろうな。」

堀田は空腹を感じないのだろうか。役に立たない傘を振り回しながら、スキップでもしそうな勢いだ。薄暗い空、横殴りの雨、この景色の中で、堀田は異彩を放っている。

看板のすぐ近くに、階段国道の入口があった。ノリオはアイスミルクティーを飲みながら、しぶしぶ堀田について行った。半ばやけくその気持ちだった。

幅一メートルほどの階段が、どこまでも続いている。さきほどバスで登った距離を下りるつもりなら、相当下りなければいけない。

県大会を終えてたった二週間だが、もう体がなまっているような気がする。ノリオはミルクティーを飲みほし、随分前を歩く堀田に走って追いついた。傘は、途中で面倒臭くなって畳んだ。

「えらい長い階段やんけ。」

「せやな。」

「せやな、とちゃうやろ、言うたやろ俺、腹減ってんねん腹が。」

「俺もやーどないしよかー。」

「どないしよと違うやろお前が来たい言うたんやぞ。」

「来たいと言ったのは俺だが、竜飛岬に食べ物屋が無いことに責任はない。」

「何お前正論言うときの口調になっとんねん。」

「だってそうやろ。」

「腹へったーへったーへったー。」

「俺もー。」


風雨の中、周囲に人がいないのをいいことに、ノリオと堀田は、大声を出しながら階段を下りた。だが、そうやってふざけながらしばらく下りていると、急に数軒の住宅の間に出た。人は住んでいるのだろうか、どの家もひっそりと静まり返っている。ある家の窓の前を通ったとき、窓に飾られている木製の猫の置き物を見て、かろうじて生活感を感じたが、それでも静かだ。

自分たちが全くのよそものであることを嚙《か》みしめながら、ふたりは先を急いだ。

雨脚は強くなる。

車道に出ると、海が目の前にあった。

「津軽海峡や。」

津軽の海は、白い飛沫をあげ、何か大声で叫んでいるように見えた。そのくせ波音は思いのほか静かで、荒れた風景と対照をなしている。

ノリオも堀田も、しばらく先を行くのを忘れ、ぼうっと海を見ていた。顔にかかる雨が冷たい。ふたりの服はずぶ濡《ぬ》れになっている。ノリオは、雨の日の練習を思い出していた。皆面白がって、顧問の目を盗んでは、わざと滑り込みをした。どろどろになった顔を見て、少し笑うのが、厳しい練習の中の、唯一の楽しみだった。

部員は皆、卒業したらどうするのだろうか。

「堀田。」

「何。」

「お前ほんまに野球やめるんか。」

「うん。やめる。言うたやろ、小説家になるねん。俺。」

「そうか。」

「この旅に来て、ますます思ったわ。」

「そうか。」

自分から聞いておいて、ノリオは、堀田の情熱にはにかんだ。

今はこんなに仲のいい堀田だが、大学生の野球部員と、小説家志望のフリーターでは、だんだん疎遠になってゆくのだろうか。勝手に未来を想像して、ノリオは少し感慨深くなった。

ほんの数ヵ月前までは、自分が大人になるということなど、考えもしなかった。自分はいつまでも十八歳の自分で、皆と歯を食いしばって野球をしているのだと思っていた。

小学生の頃、堀田とノリオはよく、自分が制服を着るところなど想像出来ない、という話をした。道行く中学生を見ては、自分たちが彼らのように、黒い学生服を着、セーラー服の女子生徒と話をするところなど、考えられなかった。小さくなった靴や、速度をあげる自分の脚力を目《ま》の当たりにすると、「自分たちは成長している」と思うのだが、その成長の先に、中学生の自分や、ましてや大人になった自分は、存在していなかった。

ある日気が付いたら、ふたりは中学に入学し、大きめの学生服を着て、校内を歩いていたのだ。

現実というのは、突然やってくる。気が付けば、その渦中にいる。

ノリオは高校を卒業したくなかった。そのくせ大学生活を無条件に楽しみに思う自分もいた。その期待、大人になる期待は、何よりもノリオの中の子供っぽさを体現したものだった。十八歳、胸の矛盾を、ノリオはどうすることも出来ない。

風にさらされ、雨はふいに曲がったり、びゅう、と速度をあげたりする。堀田も、あきらめたのか、折りたたみ傘をしまった。ふたりはずぶ濡れになりながら、津軽の海を見た。

「夏でこんなんやったら、冬ってどうなんやろな。」

堀田がぽつりと言う。

「せやな。ていうか、ここって晴れてるとこ想像出来ひんよな。」

ノリオが答えると、

「お、ノリオ、今めっちゃええこと言うたな。」

と喜ぶ。

「何がじゃ。」

「この場所は、晴れているところを想像出来ない。ずっと雨だ。」

「きっしょ、お前何言うてんのん。」

「メモっとこ。」

堀田がちょこちょこメモしていた赤いノートは、創作ノートであったのだ。雨の中、文字を滲《にじ》ませながら書きつける堀田を見て、こいつ本気だ、とノリオは思った。

堀田は本気で小説家になろうとしている。

自分の知らぬ間に、堀田が自分のいない「未来」を描いていたのだと思うと、ノリオは裏切られたような気持ちになった。

野球部での堀田の努力は、ノリオが誰より知っていた。ぐんぐん腕をあげる堀田に、ノリオが嫉妬《しっと》することはなかったし、それどころか、誇らしささえ感じた。だが今、小説家を目指すという、ノリオの想像外の世界で歩き始めた堀田を見ると、ノリオは、堀田が自分を置いてきぼりにしていくような、そんな気がするのだった。

自分は思いのほか、堀田に寄り添っていたのだな、と、改めて気付く。

「あ、あれや！」

堀田が指差した先は、古びた一軒家だった。木の看板に『龍飛岬観光案内所龍飛館』と書いてある。

「ここ？　案内所ちゃうんけ。」

「ここに太宰とN君が泊まっててん。旅館やってたんここは。」

堀田はリュックの中からタオルを取り出し、熱心に頭や顔を拭《ふ》いた。身を清めているつもりなのだろうか。こんなずぶ濡れの体では、今さらそんなことをしても遅いだろう、と、ノリオは思った。

引き戸を開けると、本当に旅館の玄関のようになっていた。奥の間に写真が飾ってある。

「こんにちは。」

事務室のようなところから、女の人が挨拶《あいさつ》をしてくれた。来ておいてなんだが、こんな風雨の日に係の人がいるのが驚きだった。今日ここを訪れるのは、自分たちだけなのではないか。

「こんにちは。」

いつもは恥ずかしがり、ノリオの後ろに隠れるように立つ堀田だが、そのときは、誰よりもしっかりとした挨拶をした。「太宰だいすき」と、顔に書いてある。さきほどまでの寂しさを忘れ、ノリオは呆《あき》れた気持ちで堀田を見る。そもそもこんな日にここを訪れることが、何よりのファンの証拠ではないか。

「お好きにご覧になってくださいね。」

女の人はそう言うと、目を伏せた。何か書きものをしている。

ふたりは玄関で靴を脱いだ。靴下もしっとりと濡れている。こんな足であがっていいものか、と迷ったが、結局ノリオはスリッパを履いた。

手前の部屋に飾られていた写真は、津軽の風景を撮影したものだった。美しい山や津軽海峡の風景が、畳敷きの部屋に添うている。だが、堀田はさらっと一瞥《いちべつ》しただけで、部屋を出た。そして、『太宰治宿泊の部屋』と書かれた、一番奥の部屋に、結局待ちきれないように歩きだした。

その部屋からは、海がすぐ近くに見えた。

ふたつのお膳《ぜん》が対面するように置かれ、それぞれに太宰と、堀田の言うN君だろうか、写真が飾られている。

「ここか。ここに来たんや。ここで、ふたりで酒呑《の》んだんや。」

堀田は正座し、太宰の座ったらしい座布団を、じっと見ている。太宰の生家に行ったときも興奮していた堀田だったが、他にも観光客がいたし、感慨を抑える努力をしていたように思う。だがこの場所、誰もいない、風雨にまみれたこの場所では、堀田はもはや、興奮を隠し切れていなかった。立ち上がり、部屋中をくまなく歩く。

「あ、堀田お前。」

「何。」

「今その柱触ったやろ。太宰が触った柱や思て触ったやろ。」

「何。」

「ベタベタ足跡つけるんはみっともないんとちゃうんけ。」

「何。」

堀田は、何度も柱を撫《な》でた。雨が窓を叩く。

ここがゴールだ、と、ノリオは思った。何故だか急に、そう思った。風雨だったからかもしれないし、堀田以外人がいないこの状況だからかもしれない。だがとにかく、ノリオは「来た」のだ、という感慨を覚えた。自分が目指していた場所ではなかったのに、それでもノリオは「来た」と思った。

堀田が、ノリオの顔を見ている。ノリオは泣いていた。

夏休みが始まってすぐ、横溝から別れを告げられた。

音楽大学を目指す横溝が、練習に集中したいからだと言った。それだけが理由ではないことに、ノリオは気付いていた。受験が終わるまでは距離を置こう、という提案が全くなかったことが、その証拠だった。横溝は、ノリオに愛情を感じなくなったのだ。三年生になってから、ふたりでいても、横溝は上の空でいることが多くなった。以前は笑ってくれたようなことを言っても、横溝は薄い反応しか返さなくなった。

数週間前までは、優しい目で自分を見てくれていた横溝が、急に態度を硬化させ、知らない人を見るような目で、自分を見てくる。訳が分からなかった。でもノリオは、そのことを横溝に言わなかったし、堀田にも、もちろんチームメイトにも言わなかった。メールをしても返信が来なくなり、いつしか返信を待つのが怖くなって、メール自体を送らなくなった。

暗闇《くらやみ》の中、「出棺」スタイルで眠る堀田の寝息を聞きながら、送信を押すのを迷っていた、昨晩の自分を思い出す。惨めだった。だが、ノリオはその状況を受け入れた。

別れを告げられたときも、ノリオは何も言わず、その要求を呑んだ。涙は出なかった。

東京に行きたかったのはもちろんだが、青森行きを拒まなかったのは、泣きたかったからだ。悲しみだけは驚くほどリアルなのに、どうしても涙が出なかった。出ない涙が発酵し、胸をむしばみ、ノリオは自分から何らかの匂いがするのではないかと、度々体を洗ったものだ。

竜飛岬には、ノリオも行きたかった。婆《ばあ》さんの歌でしか知らなかった場所だが、本州の果て、という環境が、きっと自分の感慨を受け止めてくれると思ったのだ。失恋した直後も、地元は阿呆ほど晴れていた。母親が毎日素麺《そうめん》を出し、弟と父がナイター中継を見て声をあげていた。自分の感慨に、環境がどうしてもそぐわなかった。

だが、竜飛の、この風雨はどうだ。今の自分の感情に、ぴたりと寄り添っているではないか。ノリオは泣いた。だが、途中から、笑いだした。

自分の感情にあまりにぴたりとくる風景。

「いやそこまでしてくれんでも。」

というような荒天に、ノリオは泣き、笑った。

堀田が濡れたタオルを差し出してくる。ノリオは「おお」と呟《つぶや》き、それで顔を拭いた。カビくさい匂いがしたが、そのことは言わなかった。

外に出ると、相変わらずの雨脚だった。

さきほどと違うのは、防波堤の上に女が立っていたことだ。黒い男物の傘を差し、海を見つめている。一目見て、泣いているな、と思った。

雨の中役に立たぬ傘を差し、津軽海峡を見て泣く女。

佇《たたず》まいが、この風景に寄り添いすぎていて、ノリオはやはり笑った。

風向きが変わったのか、ノリオの笑い声が大きかったのか、女が振り返った。

泣いていたのではない、女も笑っていた。

三十歳くらいだろうか、大きな傘を差していても、服が濡れている。グレーのTシャツを着ているから、余計にびしょ濡れ感がある。女は人がいたのに驚いたのか、思わず、といった感じで、こんにちは、と言った。イントネーションからして、関西の出身のようだ。青森の、こんな場所で聞きなれた言葉を聞くことが、不思議に思えた。

「こんにちは。」

堀田もノリオも、旅と、そしてこの環境の高揚からか、挨拶をした。女は防波堤から下り、こちらに歩いてきた。

女はひるんでいるふたりに構わず、すぐ近くまで来た。

「何やってんの。」

「こんな雨の中。地元の子?」

「あ、いや、違います。」

ちらりと堀田を見ると、いつものように、ノリオの背後に隠れるように立っていた。それを見て、何故かノリオは安心した。

「ふたりで旅行してるんです。」

「あ、大阪から？」

女も、イントネーションが分かったようだ。さすがに、このシチュエーションの関西弁は違和感があるのだろう。

「和歌山です。」

「和歌山から？　高校生くらいやんな？　なんでわざわざ竜飛岬に？」

「あの、こいつが太宰好きで、」

「ノリオ！」

堀田がノリオの袖《そで》を引っ張った。子供のようだ。

「ええやんけ、絶対太宰好きやないと、こんなとこ来んやろ。」

女は、ははは、と笑った。屈託のない感じに、ノリオも堀田も警戒を解いた。

「それで旅館見に来たん？」

「そうなんです。『津軽』いう小説を読みながら。」

「若いのに、めっちゃ渋いなぁ！」

女は、濡れた顔をくしゃくしゃにして笑った。その顔を見て、やはり泣いていたのだろうか、と、ノリオは思った。

「あの、」

あなたは、と言うのは恥ずかしいし、お姉さんは、と言うのもちゃらい。ノリオは迷って、結局、何してるんですか、と聞いた。

「旅行。」

「そうですか。」

それ以上は聞けなかった。女は手を振って歩いて行った。一度こちらを振り返り、

「この景色、笑けてくるよな！」

と言った。

ノリオと堀田は、女と逆方向に歩いた。女のように防波堤に上り、津軽海峡からの風雨をまともに受けながら、あてもなく歩いた。空腹もピークを越え、かえって胸がいっぱいだった。

「俺、」

堀田が、そう呟いた。

「何。」

「俺、今日のこと小説に書くわ。」

「え。」

堀田の顔は、雨にまみれている。

「今日のこと小説に書く。」

「そうか。」

ノリオは急に、さきほど泣いた自分を、恥ずかしく思った。

「さっきの女の人のことも書く。」

「そうなん。」

「うん。泣いてたやろ。あの人。」

ノリオは、改めて堀田を見た。振り返ったとき、はっきりと笑っていた女。ノリオはそのとき、堀田は本当に小説家になるかもしれないな、と思った。

「あれ見て、タイトル決めた。」

「何やねん。」

「泣く女。」

「泣く女?」

「あかんけ?」

「あかんことないけど、暗いな。」

「ええねん、俺も暗いから。」

「この旅行のこと書くんやろ。」

「せや。」

「ほんなら、俺のことも書くんけ。」

「うん。お前、ノリオやろ。だからN君て書く。」

「風情あるやんけ。」

「お前に風情分かるんけ。」

「分かる。俺はお前より風情分かる。失恋したからの。」

「言うな。知っとる。」


ノリオは、急に走り出した。滑り込みでもするのか、と堀田が見ていると、ノリオはしばらく走って、こちらを振り返った。雨の中、大きな体のノリオは、歯を見せて笑った。

重心のかけ方がおかしい。だから、足にあんな肉刺が出来るのだ、と、堀田は思った。初めて自分に声をかけてくれた、十歳のノリオを思い出す。それは鮮明に、ずっと鮮明に、堀田の胸の中にあった。

雨はやまない。

この場所は、晴れているところを想像出来ない。ずっと雨だ。

嘘《うそ》だ。堀田は、綺麗《きれい》に晴れ、白い雲が浮かんだ青空を、その青空を映した、凪《なぎ》の日の津軽海峡を、はっきりと想像していた。

あおい

西加奈子

こんな好きになった人、おらん──。おなかに「俺の国」地図を彫っている4歳年下の学生風間くんと同棲中のスナック勤務のあたしが送る、なんでもないけど愛おしい日常。著者デビュー作。「サムのこと」を併録。

さくら

西加奈子

年末、僕は久しぶりに実家へと向かった。手には家出した父からの手紙が握られていた。心が離れてしまった家族、そして「サクラ」と名付けられた年老いた犬が待つわが家へ。映画化決定、累計50万部突破のロングセラー。

きいろいゾウ

西加奈子

「ムコさん」「ツマ」と呼び合う都会の若夫婦が、田舎に移住した。背中に大きな鳥のタトゥーがある売れない小説家のムコは、ふしぎな力を持つ明るいツマをやさしく見守っていた。そんなある日、ツマはムコの秘密を知ってしまう。

こうふく あかの

西加奈子

39歳の「俺」は、妻の出産に立ち会う。だが、生まれてきた子の肌の色は黒く輝いていた。それから数十年後——。プロレス界の絶対王者、アムンゼン・スコットは全く無名の新人レスラーの挑戦を受ける。